MIGUEL STREET

V. S. NAIPAUL

Miguel Street

Tradução
Rubens Figueiredo

COMPANHIA DAS LETRAS

Grafia atualizada segundo o Acordo Ortográfico da Língua Portuguesa de 1990, que entrou em vigor no Brasil em 2009.

Título original
Miguel Street

Capa
Sabine Dowek

Preparação
Isabel Junqueira

Revisão
Luciane Helena Gomide
Ana Maria Barbosa

Dados Internacionais de Catalogação na Publicação (CIP)
(Câmara Brasileira do Livro, SP, Brasil)

Naipaul, V. S.
Miguel Street / V. S. Naipaul ; tradução Rubens Figueiredo — 1ª ed. — São Paulo : Companhia das Letras, 2012.

Título original: Miguel Street
ISBN 978-85-359-2032-1

1. Ficção inglesa I. Título.
11-14511 CDD-823

Índice para catálogo sistemático:
1. Ficção : Literatura inglesa 823

[2012]
Todos os direitos desta edição reservados à
EDITORA SCHWARCZ LTDA.
Rua Bandeira Paulista 702 cj. 32
04532-002 — São Paulo — SP
Telefone (11) 3707-3500
Fax (11) 3707-3501
www.companhiadasletras.com.br
www.blogdacompanhia.com.br

Para minha mãe e Kamla

Sumário

MIGUEL STREET

1. Bogart

Toda manhã, quando acordava, Hat sentava na balaustrada de sua varanda dos fundos e gritava para o outro lado: "Como vão as coisas por aí, Bogart?".

Bogart se virava na cama e resmungava baixinho, de modo que ninguém ouvisse: "Como vão as coisas por aí, Hat?".

Era uma espécie de mistério o motivo por que o chamavam de Bogart; mas desconfio que foi Hat quem lhe deu aquele nome. Não sei se vocês lembram em que ano foi feito o filme *Casablanca*. Foi o ano em que a fama de Bogart se espalhou como fogo em Port of Spain e centenas de rapazes começaram a adotar o jeito durão bogartiano.

Antes de passarem a chamá-lo de Bogart, ele era chamado de Paciência, porque jogava paciência desde a manhã até a noite. Apesar disso não gostava de jogar cartas.

Toda vez que alguém entrava no quartinho de Bogart, deparava com ele sentado na cama, com as cartas dispostas em sete fileiras sobre uma mesinha na sua frente.

"Como vão as coisas por aí, cara?", perguntava ele em voz

baixa, e depois ficava dez ou quinze minutos sem falar nada. E, de certa maneira, a gente ficava com a sensação de que não podia de fato falar com Bogart, de tão superior e entediado que era seu aspecto. Seus olhos eram miúdos e sonolentos. Seu rosto era gordo e o cabelo preto e reluzente. Tinha os braços roliços. Todavia não era um homem engraçado. Fazia tudo com uma languidez cativante. Até no gesto de lamber o polegar para puxar as cartas do baralho havia graça.

Era o homem mais entediado que conheci na vida.

Fingia que ganhava a vida como alfaiate e me pagou uma certa soma de dinheiro para fazer uma tabuleta para ele:

ALFAIATE E COSTUREIRO
Ternos sob Medida
Preços Populares e Competitivos

Comprou uma máquina de costura e uns pedaços de giz azul, branco e marrom. Porém jamais consegui imaginar Bogart competindo com quem quer que fosse; e não consigo me lembrar dele fazendo um terno. Bogart era mais ou menos como Popo, o carpinteiro meu vizinho, que jamais fez um móvel sequer e vivia aplainando, cinzelando pedaços de pau e fazendo o que acho que ele chamava de entalhes. Toda vez que eu lhe perguntava: “Senhor Popo, o que está fazendo?”, ele respondia: “Ah, rapaz! É uma boa pergunta. Estou fazendo a coisa sem nome”. Bogart nunca fazia sequer algo assim.

Quando eu era criança, nunca parei para pensar como Bogart ganhava dinheiro. Supunha que ter dinheiro era algo natural e próprio à condição de adulto. Popo tinha uma esposa que trabalhava em diversos empregos, e acabou se tornando amiga de muitos homens. Eu jamais consegui imaginar Bogart como alguém que tivesse pai e mãe; e ele nunca trazia mulher nenhuma para seu quartinho. Aquele quartinho era chamado de quarto de empregada, mas nenhuma empregada das pessoas da casa principal tinha morado ali. Era apenas uma convenção arquitetônica.

Continua a ser uma espécie de milagre para mim o fato de Bogart ter conseguido fazer amigos. No entanto ele fazia mesmo muitos amigos; em certa época, foi de longe o homem mais popular de toda a rua. Eu o via de cócoras na calçada junto com todos os homens adultos da rua. E quando Hat, Edward ou Eddoes estava falando, Bogart ficava apenas olhando para baixo e desenhando argolas com os dedos sobre a calçada. Ele nunca ria alto. Jamais contava uma história. No entanto sempre que havia uma festa ou alguma coisa do tipo, todo mundo dizia: "A gente tem de chamar o Bogart. É sabido feito o diabo, aquele homem". De algum modo, ele lhes trazia consolo e conforto, suponho.

E assim, todo dia de manhã, como eu disse para vocês, Hat gritava bem alto: "Como vão as coisas por aí, Bogart?".

E esperava o vago resmungo que era Bogart dizendo: "Como vão as coisas por aí, Hat?".

Porém, certa manhã, quando Hat gritou, não veio resposta. Algo que parecia inalterável interrompera-se.

Bogart havia sumido; ele havia nos deixado sem dizer nenhuma palavra.

Os homens na rua ficaram calados e tristonhos durante dois dias inteiros. Reuniram-se no quartinho de Bogart. Hat pegou o baralho que estava sobre a mesa de Bogart e baixou duas ou três cartas de cada vez, com ar pensativo.

Perguntou: "Vocês acham que ele foi para a Venezuela?".

Mas ninguém sabia. Bogart falava muito pouco com eles.

E na manhã seguinte Hat se levantou da cama, acendeu um cigarro, foi para sua varanda dos fundos e estava já à beira de gritar, quando se lembrou. Ordenhou as vacas mais cedo do que de costume e as vacas não gostaram.

Passou um mês; depois outro mês. Bogart não voltou.

Hat e seus amigos passaram a usar o quarto de Bogart como se fosse um clube. Jogavam *wappee*, bebiam rum e fumavam, e às vezes traziam alguma mulher vadia para o quarto. Hat andava enrolado com a polícia por causa de jogo e brigas de galo, e teve de gastar muito dinheiro em propinas para conseguir se livrar dos apuros.

Era como se Bogart jamais tivesse morado em Miguel Street. E no fim das contas Bogart tinha morado na rua só quatro anos, mais ou menos. Tinha chegado um dia com apenas uma mala, estava à procura de um quarto, e falou com Hat, que estava de cócoras do lado de fora, junto ao portão, fumando um cigarro e lendo as notícias do críquete no jornal vespertino. Mesmo naquela ocasião, Bogart não falou muito. Tudo o que disse — era a história que Hat contava — foi: "Você sabe de algum quarto?". E Hat levou-o para o pátio vizinho, onde havia aquele quarto de empregada mobiliado, ao preço de oito dólares por mês. Bogart se instalou ali sem demora, arranjou logo um baralho e começou a jogar paciência.

Aquilo impressionou Hat.

De resto, continuou sempre a ser um homem misterioso. Tornou-se o Paciência.

Quando Hat e todo mundo já havia esquecido ou quase esquecido Bogart, ele voltou. Um dia de manhã apareceu pouco antes das sete horas e encontrou Eddoes e uma mulher deitados em sua cama. A mulher se levantou de um salto e deu um grito. Eddoes pulou da cama, menos assustado do que constrangido.

Bogart falou: "Vão para outro lugar. Estou cansado e quero dormir".

Dormiu até as cinco horas daquela tarde e, quando acordou, deparou com seu quarto repleto, com toda a velha turma. Eddoes falava alto e se mostrava muito expansivo a fim de encobrir seu constrangimento. Hat tinha trazido uma garrafa de rum.

Hat falou: "Como vão as coisas por aí, Bogart?".

E exultou quando viu sua deixa respondida: "Como vão as coisas por aí, Hat?".

Hat abriu a garrafa de rum e gritou para Boyee ir comprar uma garrafa de água com gás.

Bogart perguntou: "Como vão as vacas, Hat?".

"Vão bem."

"E o Boyee?"

"Também vai bem. Você não me ouviu chamá-lo há pouco?"

"E o Errol?"

"Também vai bem. Mas o que é que está acontecendo, Bogart? *Você* está bem?"

Bogart fez que sim com a cabeça e bebeu uma boa dose de rum Madrassi. Depois mais uma dose, e outra; e num instante esvaziaram a garrafa.

"Não se preocupem", disse Bogart. "Vou comprar outra."

Eles nunca tinham visto Bogart beber tanto; nunca tinham ouvido Bogart falar tanto; e ficaram assustados. Ninguém se atrevia a perguntar para Bogart por onde ele tinha andado.

Bogart disse: "Quer dizer que vocês andaram esquentando meu quartinho o tempo todo, não foi?".

"Sem você, não é a mesma coisa", respondeu Hat.

Mas todos estavam preocupados. Bogart mal abria os lábios quando falava. Tinha a boca um pouco torta e seu sotaque estava ficando ligeiramente americano.

"Claro, claro", disse Bogart, e ele tinha entendido muito bem. Soava exatamente como um ator.

Hat não tinha certeza de que Bogart estava mesmo embriagado.

Na aparência, é preciso dizer, Hat lembrava Rex Harrison, e Hat se empenhava em reforçar a semelhança. Penteava o cabelo para trás, esfregava os olhos e falava de um jeito muito parecido com o de Harrison.

"Puxa vida, Bogart", disse Hat, e ficou mesmo muito parecido com Rex Harrison. "Você bem que podia contar tudo para a gente de uma vez."

Bogart pôs os dentes à mostra e riu de um jeito cínico e tortuoso.

"Claro, vou contar sim", disse ele, levantou-se e enfiou os polegares por dentro da cintura da calça. "É claro que vou contar tudo."

Acendeu um cigarro, recostou-se para trás de tal modo que a fumaça entrou em seus olhos; e, com as pálpebras contraídas, desenrolou sua história.

Tinha arranjado emprego num navio e foi para a Guiana Inglesa. Lá, desertou e foi para o interior do país. Virou vaqueiro no Rapununi, contrabandeou mercadorias (não disse o quê) para o Brasil, juntou umas garotas brasileiras e levou para Georgetown. Virou o dono do melhor bordel da cidade, quando a polícia, traiçoeiramente, pegou suas propinas e o prendeu.

"Era um estabelecimento de primeira classe", disse ele, "nada de clientes vagabundos. Juízes, médicos, funcionários públicos de alto escalão."

"O que aconteceu?", perguntou Eddoes. "Foi para a prisão?"

"Como é que você pode ser tão burro?", disse Hat. "Como ele pode ter ido para a prisão se está aqui com a gente? Como é que vocês conseguem ser tão burros? Por que não deixam o homem falar?"

Mas Bogart ficou ofendido e se recusou a continuar falando.

Daí em diante o relacionamento entre aqueles homens mudou. Bogart virou o Bogart dos filmes. Hat virou Harrison. E a troca de palavras de manhã era a seguinte:

"Bogart!"

"Cale a boca, Hat!"

Agora Bogart se tornara o homem mais temido na rua. Diziam que até o Pé Grande tinha medo dele. Bogart bebia, falava palavrões e fazia apostas de jogo contra os melhores jogadores. Berrava comentários grosseiros para as garotas que passavam sozinhas pela rua. Comprou um chapéu e puxava a aba da frente para baixo, fazendo uma sombra cobrir os olhos. Virou presença constante, de pé, encostado no muro alto de concreto do seu pátio, com as mãos enfiadas nos bolsos, um pé apoiado no muro e um eterno cigarro enfiado na boca.

Então ele sumiu de novo. Estava jogando cartas com a turma em seu quarto quando se levantou e disse: "Vou ao banheiro".

Não o viram mais durante quatro meses.

Quando voltou, estava um pouco mais gordo, mas também um pouco mais agressivo. O sotaque agora era americano puro. Para completar sua imitação, passou a mostrar-se expansivo com as crianças. Chamava-as na rua e lhes dava dinheiro para comprar chocolate e chiclete. Adorava afagar a cabeça das crianças e lhes dar bons conselhos.

Na terceira vez em que sumiu e voltou, deu uma grande festa em seu quarto para todas as crianças, ou para a garotada, como ele as chamava. Comprou caixas de Solo, de Coca-Cola e Pepsi e um bolo de mais ou menos quinze quilos.

Então o sargento Charles, o policial que morava mais acima, na Miguel Street número 45, veio e levou Bogart preso.

"Não tente resistir, Bogart", disse o sargento Charles.

Mas Bogart não entendeu a deixa.

"O que está acontecendo, cara? Não fiz nada."

O sargento Charles lhe disse.

Houve um pequeno rebuliço nos jornais. A acusação era de bigamia; mas coube a Hat descobrir todos os detalhes secretos que os jornais nunca mencionam.

"Vejam só", disse Hat na calçada naquela noite, "o homem deixa sua primeira esposa em Tunapuna e vem para Port of Spain. Não conseguem ter filhos. Ele fica por aqui, sentindo-se triste e insignificante. Um dia vai embora, encontra uma garota em Caroni e tem um filho com ela. Em Caroni o pessoal não é de brincadeira com esse tipo de assunto e Bogart foi obrigado a casar com a garota."

"Mas por que ele deixou a garota?", perguntou Eddoes.

"Para ser um homem, entre nós, homens."

2. A coisa sem nome

Popo, que se dizia carpinteiro, só fez uma coisa em toda a vida: a pequena oficina de ferro galvanizado que ficava embaixo da mangueira no fundo de seu quintal. E nem aquilo ele conseguiu terminar. Era incapaz de se dar ao trabalhar de pregar as folhas de ferro galvanizado do telhado e assim as mantinha presas com pedras grandes que serviam de peso. Toda vez que ventava mais forte, o telhado fazia um barulho assustador e estrondoso e parecia que ia sair voando a qualquer momento.

E mesmo assim Popo nunca estava ocioso. Vivia sempre ocupado, batendo seu martelo, serrando e aplainando. Eu gostava de ver Popo trabalhar. Gostava do cheiro das madeiras — cipreste, cedro e virola. Gostava da cor das aparas de madeira e gostava da maneira como a serragem polvilhava o cabelo pixaim de Popo.

"O que está fazendo, senhor Popo?", perguntei.

Popo sempre respondia: "Ah, garoto! Boa pergunta. Estou fazendo a coisa sem nome".

Eu gostava de Popo por causa disso. Eu o achava um homem poético.

Certo dia falei para Popo: "Me dê alguma coisa para eu fazer".

"O que você quer fazer?", disse ele.

Era difícil pensar em alguma coisa que eu quisesse mesmo fazer.

"Veja só", disse Popo. "Você está pensando na coisa sem nome."

Por fim acabei resolvendo fazer um porta-ovo.

"Para quem você vai fazer isso?", perguntou Popo.

"Mamãe."

Ele riu. "Você acha que ela vai usar?"

Minha mãe adorou o porta-ovo e usou-o durante uma semana. Depois pareceu esquecer completamente que aquilo existia e começou a pôr os ovos em tigelas ou pratos, como fazia antes.

E Popo riu quando eu lhe contei. Ele disse: "Garoto, a única coisa que a gente deve fazer é a coisa sem nome".

Depois que pintei a tabuleta de alfaiate para Bogart, Popo também pediu que eu fizesse uma tabuleta para ele.

Pegou o pequeno toco de um lápis vermelho que trazia preso em cima da orelha e ficou matutando sobre as palavras que ia usar. De início queria se anunciar como um arquiteto; mas consegui dissuadi-lo. Popo não tinha certeza de como escrever a palavra. Quando ficou pronta, a tabuleta dizia:

CONSTRUTOR E EMPREITEIRO
Carpinteiro
E Marceneiro

E assinei meu nome no canto inferior direito, como escritor de tabuletas.

Popo gostava de ficar parado, em pé, na frente da tabuleta. Mas sentia um ligeiro pânico quando as pessoas que nada sabiam sobre ele vinham fazer perguntas.

"O carpinteiro?", dizia Popo. "Não mora mais aqui, não."

Eu achava Popo muito mais simpático do que Bogart. Bogart falava pouco comigo, mas Popo estava sempre disposto a conversar. Falava sobre coisas sérias, como a vida, a morte e o trabalho, e eu achava que ele gostava de verdade de conversar comigo.

No entanto Popo não era um homem popular na rua. Não achavam que ele era louco ou burro. Hat dizia: "Popo é convencido demais, escutem o que estou dizendo".

Era uma coisa insensata de dizer. Popo tinha o hábito de levar um copo de rum para a calçada todo dia de manhã. Nunca bebia o rum. Mas, toda vez que via alguém que ele conhecia, mergulhava o dedo no rum, lambia e depois acenava para o homem.

"Eu também posso comprar rum", dizia Hat. "Mas não vou ficar me mostrando que nem o Popo."

Eu mesmo nunca pensava no assunto daquele jeito e um dia perguntei para o Popo.

Ele respondeu: "Garoto, de manhã, quando o sol está brilhando, mas ainda faz frio, e a gente acabou de acordar, dá uma sensação boa saber que a gente pode sair, ficar parado embaixo do sol e tomar um pouco de rum".

Popo jamais ganhava dinheiro. Sua esposa era quem saía de casa para trabalhar, e aquilo era fácil, porque eles não tinham filhos. Popo dizia: "As mulheres gostam de trabalhar. Os homens não são feitos para o trabalho".

Hat dizia: "Popo é um homem-mulher. Não é um homem propriamente dito".

A esposa de Popo trabalhava de cozinheira numa casa grande perto da minha escola. Ela me esperava de tarde, no fim das aulas, me levava para a enorme cozinha e me dava uma porção de coisas gostosas para comer. A única coisa de que eu não gostava era da maneira como ela sentava e ficava me olhando enquanto eu comia. Dava a impressão de que eu estava comendo para ela. E ela me pedia que a chamasse de Tia.

Ela me apresentou ao jardineiro da casa grande. Era um mulato bonito, e ele adorava suas flores. Eu gostava dos jardins de que ele cuidava. Os canteiros de flores estavam sempre pretos e molhados; e a grama era verde, úmida e estava sempre bem aparada. Às vezes ele me deixava regar os canteiros de flores. E juntava a grama cortada nuns saquinhos que ele me dava para levar para casa e dar para minha mãe. As folhas de grama eram boas para alimentar as galinhas.

Um dia dei pela falta da esposa de Popo. Ela não estava à minha espera na saída da escola.

Na manhã seguinte, não vi Popo mergulhando o dedo no copo de rum na calçada.

E naquela noite não vi a esposa de Popo.

Fui achar Popo tristonho em sua oficina. Estava sentado numa tábua, torcendo uma apara de madeira entre os dedos.

Popo disse: "Sua tia foi embora, garoto".

"Para onde, senhor Popo?"

"Ah, garoto! Boa pergunta", e ficou ali parado, na mesma posição.

Então Popo descobriu que era um homem popular. A notícia se espalhou muito rapidamente. E quando Eddoes falou um dia: "Eu queria saber o que foi que aconteceu com Popo. Parece que ele não tem mais rum", Hat se levantou de um pulo e quase deu um tapa na cara dele. E aí todos os homens começaram a se reunir na oficina de Popo, ficavam conversando sobre críquete, futebol e filmes — qualquer coisa, menos sobre mulheres — só para tentar alegrar o Popo.

Na oficina de Popo não tinha mais barulho de serrote e martelo. A serragem não tinha mais um cheiro fresco, e foi ficando preta, quase igual a terra. Popo passou a beber muito e eu não gostava dele quando ficava embriagado. Tinha cheiro de rum, gritava, ficava zangado e queria bater em todo mundo. Aquilo fez dele um membro bem-aceito na turma.

Hat disse: "A gente estava enganado a respeito do Popo. Ele é um homem como qualquer um de nós".

Popo gostava de seus novos companheiros. No fundo, era um homem loquaz, queria sempre se mostrar amistoso com os homens da rua e se surpreendia quando via que alguém não gostava dele. Portanto parecia que ele tinha conseguido aquilo que desejava. Mas Popo não era feliz de verdade. A amizade havia chegado um pouco tarde e ele se deu conta de que não gostava daquilo tanto quanto imaginava. Hat tentou levar Popo a se interessar por outras mulheres, mas Popo não se interessou.

Popo não achava que eu era jovem demais para ele me dizer o que quer que fosse.

"Garoto, quando você ficar velho feito eu", me disse ele um dia, "vai ver que não se importa tanto assim com as coisas que você achava que ia adorar, se tivesse dinheiro para comprar."

Esse era seu jeito de falar, por meio de enigmas.

Então, um dia, Popo nos deixou.

Hat falou: "Ele nem precisa me dizer para onde foi. Eu sei. Foi procurar a esposa".

Edward disse: "Você acha que ela vai voltar com ele?".

Hat respondeu: "Vamos esperar para ver".

Não tivemos de esperar muito tempo. A história saiu nos jornais. Hat disse que era aquilo mesmo que ele esperava. Popo tinha agredido um homem em Arima, o homem que tinha tomado sua esposa. Era o jardineiro que sempre me dava uns sacos com folhas de grama.

Não aconteceu grande coisa com Popo. Teve de pagar uma

fiança, mas deixaram que ele fosse embora sem mais problemas. O juiz disse que era melhor Popo não incomodar sua esposa de novo.

Fizeram um calipso sobre Popo, que acabou sendo o sucesso musical do ano. Foi a música mais tocada no carnaval e as Andrews Sisters gravaram a composição para uma empresa fonográfica americana:

Um certo colega carpinteiro foi a Arima
Procurar uma mulher perdida chamada Emelda.

Era uma música perfeita para cantar na rua.

Na escola, eu dizia: "O tal colega carpinteiro era muito amigo meu".

E nos jogos de críquete e nas corridas, Hat dizia: "Sabe o carpinteiro? Puxa vida, eu bebia com aquele homem dia e noite. Ah, como ele bebia bem".

Popo não era mais o mesmo homem quando voltou para nós. Resmungava para mim quando eu tentava conversar com ele e punha Hat e os outros para fora, quando traziam uma garrafa de rum para a oficina.

Hat disse: "Foi a mulher que deixou esse homem maluco, estão vendo só?".

Mas os antigos barulhos começaram a ser ouvidos outra vez na oficina de Popo. Estava trabalhando com afinco e fiquei imaginando se ainda estava fazendo a coisa sem nome. Mas eu tinha medo demais para perguntar.

Popo levou uma luz elétrica para a oficina e começou a trabalhar de noite. Vans paravam na frente da casa e estavam sempre descarregando e levando coisas embora. Depois Popo começou a pintar a casa. Usou um verde brilhante e pintou o telhado de vermelho brilhante. Hat disse: "O homem ficou doido de verdade".

E acrescentou: "Parece até que vai casar de novo".

Hat não estava de todo errado. Um dia, mais ou menos duas semanas depois, Popo voltou e trouxe uma mulher. Era sua esposa. Minha tia.

"Está vendo só como são as mulheres?", comentou Hat. "Olhe só o tipo de coisa de que elas gostam. Não é o homem. Mas a casa nova toda pintada, e também com a mobília nova que tem lá dentro. Aposto com você que, se o homem de Arima tivesse uma casa nova e móveis novos, ela não ia voltar assim para o Popo."

Mas eu não ligava para aquilo. Eu estava contente. Era bom ver Popo parado na frente da casa com seu copo de rum de manhã, mergulhar o dedo no rum e acenar para os amigos; e era bom perguntar de novo para ele: "O que está fazendo, senhor Popo?". E receber a antiga resposta: "Ah, garoto! Boa pergunta. Estou fazendo a coisa sem nome".

Popo voltou muito rapidamente a seu antigo estilo de vida e ainda dedicava seu tempo a fazer a coisa sem nome. Ele tinha parado de trabalhar e sua esposa havia retomado o mesmo emprego com as mesmas pessoas, bem perto da minha escola.

As pessoas na rua ficaram quase aborrecidas com Popo quando sua esposa voltou. Tinham a sensação de que toda a sua solidariedade tinha sido desdenhada e desperdiçada. E mais uma vez Hat dizia: "Aquele cretino do Popo é convencido demais, escutem o que estou dizendo".

Mas dessa vez Popo não deu bola.

De vez em quando, me dizia: "Garoto, hoje à noite reze para que você seja feliz que nem eu".

O que aconteceu depois foi tão de repente que nem percebemos que tinha acontecido. Nem mesmo o Hat soube que aquilo tinha acontecido, até ler a notícia nos jornais. Hat sempre lia os jornais. Lia jornais das dez da manhã às seis da tarde, mais ou menos.

Hat exclamou: "Mas o que é isso que estou lendo aqui?". E mostrou para nós a manchete: CARPINTEIRO DO CALIPSO VAI PARA A PRISÃO.

Era uma história incrível. Popo andara roubando coisas de tudo quanto era jeito. Todos os móveis novos, como Hat os chamava, não tinham sido feitos por Popo. Ele havia roubado os objetos e simplesmente fizera algumas reformas. Tinha roubado demais, na verdade, e foi obrigado a vender as coisas que não queria para si. E foi assim que acabou sendo preso. Então a gente compreendeu por que as vans viviam paradas na porta da casa de Popo. Até a tinta e os pincéis com que ele havia redecorado a casa tinham sido roubados.

Hat falou por todos nós, quando disse: "Esse homem é bobo demais. Por que tinha de vender o que roubou? Será que alguém pode me explicar? Por quê?".

Concordamos que aquilo era uma grande besteira. Mas lá bem no fundo cada um de nós sentia que Popo era um homem de verdade, talvez um homem maior do que qualquer um de nós.

E quanto à minha tia...

Hat disse: "Quanto tempo de prisão ele pegou? Um ano? Com três meses de desconto por bom comportamento, vai ficar nove meses ao todo. E para ela também dou uns três meses de bom comportamento. E depois disso não vai haver mais nenhuma Emelda na Miguel Street, escutem o que estou dizendo".

Mas Emelda nunca foi embora da Miguel Street. Não só continuou em seu emprego de cozinheira, como começou também a lavar e passar roupas. Ninguém na rua lamentava o fato de

Popo ter ido para a prisão por causa da vergonha; afinal era uma coisa que podia acontecer com qualquer um de nós. Eles só lamentavam que Emelda fosse ficar sozinha por tanto tempo.

Popo voltou como um herói. Era um dos rapazes. Era um homem melhor do que Hat ou do que Bogart.

Mas para mim ele havia mudado. E a mudança me deixou triste.

Pois Popo começou a trabalhar.

Começou a fazer cadeiras estofadas, mesas e guarda-roupas para os outros.

E quando eu lhe perguntei: "Senhor Popo, quando é que o senhor vai começar de novo a fazer a coisa sem nome?", ele resmungou para mim com raiva:

"Você é muito metido", disse ele. "Vá embora daqui, e bem depressa, antes que eu meta a mão na sua cara."

3. George e a casa cor-de-rosa

Eu tinha muito mais medo de George do que do Pé Grande, embora o Pé Grande fosse de longe o homem mais forte e mais corpulento de toda a rua. George era baixo e gordo. Tinha um bigode grisalho e um barrigão. Parecia bastante inofensivo, mas vivia resmungando para si mesmo, rogando pragas, e nunca tentei fazer amizade com ele.

George era como o burro que ele tinha amarrado na frente do seu pátio, velho, cinzento e calado, exceto quando zurrava alto. Dava a impressão de que George nunca estava realmente em contato com as coisas que se passavam à sua volta o tempo todo e eu achava estranho que ninguém dissesse que George era maluco, enquanto, por outro lado, todo mundo dizia que o Homem-homem, de quem eu gostava, era maluco.

A casa de George também me dava medo. Era uma construção de madeira malconservada, pintada de cor-de-rosa do lado de fora, e o telhado de ferro galvanizado estava marrom de ferrugem. Uma porta, a que ficava à direita, estava sempre aberta. As paredes internas nunca tinham sido pintadas e, com o tempo, ficaram cinzentas e pretas. Havia uma cama suja num canto e no outro canto havia uma mesa e um banco. E pronto, só isso. Sem cortinas, sem quadros na parede. E olhem que até Bogart tinha um quadro de Lauren Bacall na parede de seu quarto.

Eu achava difícil acreditar que George tinha esposa, filho e filha.

Assim como Popo, George ficava feliz de deixar sua esposa fazer todo o trabalho da casa e do quintal. Eles criavam vacas e de novo eu tinha raiva de George por causa disso. Porque a água de seus currais fazia as sarjetas cheirarem mal e, quando a gente estava jogando críquete na calçada, muitas vezes a bola ficava molhada quando caía na sarjeta. Boyee e Errol até molhavam a bola de propósito na sarjeta fedorenta. Queriam que ela ficasse mais pesada na hora de arremessar.

A esposa de George nunca foi propriamente uma pessoa. Eu sempre pensava nela apenas como a esposa de George, e mais nada. E também sempre pensei que a esposa de George estava quase sempre no curral das vacas.

E enquanto George ficava sentado na escadinha de concreto na frente da porta sempre aberta da casa, sua esposa vivia ocupada com o trabalho.

George nunca se tornou um membro da turma da Miguel Street. Parecia não ligar para isso. Tinha sua esposa, sua filha e seu filho. Batia em todos. E, quando o menino Elias ficou grande demais, George passou a bater na filha e na esposa ainda mais do que antes. As pancadas não pareciam trazer nenhum benefício à esposa. Ela só ficava cada vez mais fina; mas a filha, Dolly, ficou mais viçosa. Foi se tornando cada vez mais gorda e a cada ano dava mais risadinhas. Elias, o filho, ficou cada vez mais sério, mas nunca disse nenhuma palavra mais dura para o pai.

Hat dizia: "Esse garoto, o Elias, tem uma cabeça boa demais".

Certo dia Bogart, logo ele, falou: "Ah! Como eu gostaria de dar uma lição naquele George, sinceramente".

E nas poucas vezes em que Elias vinha se juntar ao bando, Hat dizia: "Garoto, tenho muita pena de você. Por que não dá logo uma boa lição naquele velho e acaba com a raça dele de uma vez?".

Elias respondia: "É a vontade de Deus".

Elias tinha só uns catorze anos, na ocasião. Mas ele era assim mesmo. Era sério e tinha grandes ambições.

Comecei a ficar com terror do George, sobretudo quando ele trouxe dois cachorrões do tipo pastor-alemão e amarrou em estacas no pé da escadinha de concreto na entrada da casa.

Todo dia, de manhã e de tarde, quando eu passava pela casa dele, George dizia para os cachorros: "Pega, pega!".

E os cachorros pulavam, puxavam a coleira e latiam para mim; e eu podia ver as cordas esticadas com toda a força e tinha sempre a sensação de que elas iam arrebentar no pulo seguinte. Então, quando Hat também arranjou um pastor-alemão, fez o cachorro gostar de mim. E Hat me falou: "Nunca tenha medo de um cachorro. Tenha coragem. Não corra".

E então passei a andar bem devagar na frente da casa de George, prolongando minha tortura.

Não sei se George não gostava de mim pessoalmente ou se ele apenas achava que as pessoas em geral não serviam mesmo para nada. Nunca conversei sobre o assunto com os outros meninos na rua, porque eu tinha muita vergonha de dizer que eu tinha medo de cachorros que latiam.

No entanto em pouco tempo me acostumei com os cachorros. E até a risada de George, quando eu passava na frente de sua casa, não me preocupava muito.

Certo dia, George estava na calçada quando eu estava passando e ouvi que ele resmungava. Ouvi George resmungar de novo naquela tarde e mais uma vez no dia seguinte. Ele dizia: "Cara de cavalo!".

Às vezes, ele dizia: "Parece que só tem gente com cara de cavalo morando por aqui".

Às vezes ele dizia: "Bunda pequena!".

E: "Como é que pode ter gente com a bunda tão pequena neste mundo?".

Eu fingia não ouvir, é claro, mas depois de uma semana mais ou menos eu me sentia à beira das lágrimas quando George resmungava aquele tipo de coisa.

Certa tarde, quando paramos de jogar críquete na calçada porque Boyee tinha acertado uma bolada no quintal da senhorita Hilton, e aquela era uma bola perdida (já estava seis a zero) — naquele fim de tarde perguntei para Elias: "Mas o que é que seu pai tem contra mim? Por que ele vive me chamando de coisas feias?".

Hat riu e Elias pareceu ficar um pouco solene.

Hat disse: "Do que ele chama você?".

Falei: "O velho gordo me chama de cara de cavalo". Não tive coragem de dizer as outras palavras que ele usava para me chamar.

Hat começou a rir.

Elias disse: "Rapaz, meu pai é um sujeito engraçado. Mas você tem de desculpá-lo. O que ele fala não conta. Está velho. Tem uma vida difícil. Não estudou feito a gente. Além do mais, também tem uma alma que nem qualquer um de nós".

E ele ficou tão sério que Hat nem riu e, toda vez que eu passava pela casa de George, eu dizia para mim mesmo o tempo todo: "Tenho de desculpar o velho. Ele não sabe o que está fazendo".

E então a mãe de Elias morreu e teve o enterro mais pobre, mais triste e mais solitário que a Miguel Street já viu.

Aquela sala vazia na frente da casa ficou ainda mais triste e mais assustadora para mim.

O estranho foi que eu até senti um pouco de pena do George. Os homens da Miguel Street conversaram sobre a causa da morte na frente da casa de George. Hat disse: "Ele bateu demais nela".

Bogart fez que sim com a cabeça e traçou um círculo na calçada com o dedo indicador da mão direita.

Edward falou: "Acho que ele matou a mulher, sabe? Boyee me contou que, uma noite antes da esposa morrer, ele ouviu George cobrindo a mulher de pancada".

Hat disse: "Para que vocês acham que tem médicos e juízes nesta cidade? Só para enfeitar?".

"Mas é o que estou dizendo para vocês", insistiu Edward. "É verdade mesmo. Boyee não ia mentir sobre um assunto como esse. A mulher morreu de tanto apanhar. Estou dizendo para vocês. London consegue aguentar; mas a mulher de George não."

Nenhum dos homens disse nenhuma palavra em defesa de George.

Boyee falou uma coisa que eu não esperava. Disse: "A pessoa de quem sinto mais pena mesmo é a Dolly. Vocês acham que ele vai bater nela ainda mais?".

Hat respondeu em tom sensato: "Vamos esperar para ver".

Elias se afastou do círculo.

George ficou muito triste nos primeiros dias após o enterro. Bebia muito rum e ficava chorando pelas ruas, batia no peito, pedia perdão para todo mundo e implorava que tivessem pena dele, um pobre viúvo.

Continuou bebendo muito nas semanas seguintes, vivia subindo e descendo as ruas e deixava todo mundo sem graça quando pedia perdão. "Meu filho Elias", dizia George muitas vezes, "meu filho Elias, me perdoa, e ele é um menino de boa educação."

Quando George encontrava Hat, Hat dizia: "O que está acontecendo com suas vacas? Tem ordenhado as vacas direito? Tem dado comida para elas? Agora vai querer matar suas vacas também?".

George vendeu todas as vacas para Hat.

"Deus vai dizer que é um roubo", ria Hat. "Mas eu digo que foi um negócio vantajoso."

Edward disse: "É bem feito para George. Está começando a pagar por seus pecados".

"Pois é, eu encaro a questão dessa forma", disse Hat. "Dei a ele dinheiro suficiente para ficar embriagado por dois meses inteiros."

George ficou afastado da Miguel Street por uma semana. Durante esse tempo, a gente viu Dolly muitas vezes. Ela varria a sala da frente da casa, pedia flores para os vizinhos e com elas enfeitava a sala. Dava risadinhas mais do que nunca.

Alguém na rua (não fui eu) envenenou os dois pastores-alemães.

A gente torcia muito para que George tivesse ido embora para sempre.

Na verdade ele voltou, ainda embriagado, mas não chorava mais, nem se mostrava desesperado, e trouxe consigo uma mulher. Era uma mulher muito indiana, um pouco velha, mas parecia forte o bastante para conseguir lidar com o George.

"Ela também parece boa de copo", disse Hat.

A mulher passou a controlar a casa de George e mais uma vez Dolly se recolheu para os fundos, onde ficava o curral de vacas vazio.

Ouvíamos histórias de surras e todo mundo dizia que tinha pena de Dolly e da nova mulher.

Meu coração torcia pela mulher e por Dolly. Não conseguia entender como alguém no mundo podia querer morar com George e não fiquei surpreso quando, um dia, mais ou menos duas semanas depois, Popo me contou: "A nova esposa de George foi embora, você não soube?".

Hat disse: "Eu só queria saber o que é que o George vai fazer quando o dinheiro que dei para ele terminar".

Logo nós vimos.

A casa cor-de-rosa, quase da noite para o dia, se tornou um lugar cheio e barulhento. Havia muitas mulheres para lá e para cá, falavam em voz alta e não tomavam muito cuidado com a maneira de se vestir. E toda vez que eu passava na frente da casa cor-de-rosa, aquelas mulheres gritavam coisas meio descaradas para mim; algumas faziam uns gestos com a boca, me chamavam dizendo "vem para a mamãe". E não havia só aquelas novas mulheres. Muitos soldados americanos iam até lá de jipe e a Miguel Street ficava cheia de risos e gritos.

Hat disse: "Esse George está fazendo da Miguel Street uma rua de má fama, não acham?".

Parecia que a Miguel Street pertencia àquela gente nova. Hat e o resto dos rapazes não tinham mais certeza de sua privacidade quando ficavam sentados na calçada para conversar.

Mas Bogart fez amizade com aquela gente e passava duas ou três noites por semana com a turma. Fingia ficar aborrecido com o que via, mas eu não acreditava nele porque toda hora voltava lá.

"O que aconteceu com a Dolly?", perguntou-lhe Hat um dia.

"Ela vai levando", respondeu Bogart, querendo dizer que ela estava bem.

"Ah, eu sei que ela vai levando", disse Hat. "Mas como é que ela está?"

"Bom, ela faz faxina e prepara a comida."

"Para todo mundo?"

"Todo mundo."

Elias tinha um quarto só para si, de onde nunca saía depois que entrava em casa. Fazia as refeições do lado de fora, ao ar livre. Estava tentando estudar para alguma prova. Tinha perdido o interesse pela família, disse Bogart, ou melhor, sugeriu.

George continuava bebendo muito; mas estava prosperando. Agora andava de terno e gravata.

Hat disse: "Ele deve estar ganhando um bocado de dinheiro, se tem mesmo de pagar propina para tudo quanto é policial por aí".

O que eu não conseguia nem de longe entender, porém, era a maneira como aquelas mulheres novas se comportavam em relação ao George. Todas pareciam gostar dele e também respeitá-lo. E George, em troca, não tentava ser gentil nem nada. Continuava do jeito de sempre.

Um dia ele falou para todo mundo: "Dolly agora não tem mãe. Eu é que tenho de ser pai e mãe da menina. E digo que já está mais do que na hora de Dolly se casar".

Sua escolha recaiu num homem chamado Navalha. Era difícil imaginar um nome mais apropriado para aquele homem. Ele era pequeno. Era fino. Tinha um bigode elegante, vigoroso, acima dos lábios elegantes e miúdos. As pregas em suas calças estavam sempre bem marcadas, as roupas eram limpas e bem passadas. E diziam que ele andava com uma faca.

Hat não gostou da ideia de Dolly casar com Navalha. "Ele é malandro demais para a gente", dizia. "É o tipo de homem que não se importaria nem um pouco de esquecer uma faca nas costas da gente, sabem como é."

Mas Dolly continuou a dar suas risadinhas.

Navalha e Dolly se casaram na igreja e voltaram para uma recepção na casa cor-de-rosa. As mulheres estavam todas bem vestidas e havia uma porção de soldados e marinheiros americanos que bebiam, riam e davam os parabéns ao George. As mulheres e os americanos faziam Dolly e Navalha se beijarem toda hora, e erguiam brindes. Dolly dava suas risadinhas.

Hat falou: "Sabe, na verdade ela não está dando risadinhas. Ela está é chorando".

Elias não estava em casa naquele dia.

As mulheres e os americanos cantaram "Sweet sixteen" e "As time goes by". Depois fizeram Dolly e Navalha se beijarem de novo. Alguém gritou: "Discurso!", e todo mundo riu e gritou: "Discurso! Discurso!".

Navalha deixou Dolly sozinha, dando suas risadinhas.

"Discurso! Discurso!", gritavam os convidados do casamento.

Dolly apenas deu mais risadinhas.

Então George começou a falar. "Dolly, você se casou, é verdade. Mas nem por isso vai pensar que está grande demais para que eu coloque você no meu colo e encha seu traseiro de palmadas." Falou em tom de gozação e os convidados riram.

Então Dolly parou de dar risadinhas e olhou com um ar idiota para as pessoas.

Por um momento tão breve que mal deu para medir o tempo, houve um silêncio absoluto; então um marinheiro americano abanou as mãos no ar com um jeito de bêbado e gritou: "Você podia arranjar um serviço bem melhor para essa garota, George". E todo mundo riu.

Dolly pegou um punhado de cascalho no chão do pátio e já

estava à beira de jogar as pedrinhas em cima do marinheiro. Mas parou de repente e desatou a chorar.

Houve muitas risadas, gritos de viva e aplausos.

Eu nunca mais soube de Dolly. Um dia Edward disse que ela estava morando em Sangre Grande. Hat disse que viu Dolly vendendo no mercado da George Street. Mas Dolly tinha ido embora da rua, tinha ido embora para sempre.

À medida que os meses passavam, as mulheres começaram a sumir e o número de jipes parados na porta da casa de George diminuiu.

"A gente tem de ser organizado", disse Hat.

Bogart fez que sim com a cabeça.

Hat acrescentou: "E hoje em dia tem um monte de casas bem instaladas em toda Port of Spain. O problema com o George é que ele é burro demais para ser um grande negociante".

Hat era um profeta. Dentro de seis meses, George estava morando sozinho na casa cor-de-rosa. Muitas vezes eu o via sentado na escadinha da porta, mas George não olhava mais para mim, nunca. Parecia envelhecido, esgotado e muito triste.

Morreu pouco tempo depois. Hat e os rapazes juntaram algum dinheiro e sepultamos George no cemitério Lapeyrouse. Elias apareceu para o enterro.

4. A vocação que ele escolheu

Depois da meia-noite, havia dois barulhos habituais na rua. Por volta das duas horas a gente ouvia os garis varrendo; depois, pouco antes do raiar do dia, chegavam as carrocinhas dos lixeiros e a gente ouvia os homens raspando o lixo que os garis tinham deixado arrumado em montinhos no canto da rua.

Nenhum garoto da rua tinha vontade de ser gari. Mas, se alguém perguntasse a qualquer garoto o que ele queria ser, a resposta seria: "Vou ser condutor de carrocinha de lixo".

Sem dúvida havia um certo glamour em dirigir aquelas carrocinhas azuis. Os homens eram aristocratas. Trabalhavam de manhã bem cedinho e tinham o resto do dia livre. E além do mais viviam fazendo greve. Não faziam greve por valores altos. Faziam greve por coisas como ganhar um centavo a mais por dia; faziam greve se alguém era demitido. Fizeram greve quando a guerra começou; fizeram greve quando a guerra terminou. Fizeram greve quando a Índia obteve a independência. Fizeram greve quando Gandhi morreu.

Eddoes, que era condutor, era admirado pela maioria dos

meninos. Ele dizia que seu pai tinha sido o melhor condutor de carrocinha de lixo da sua época e nos contava histórias incríveis sobre a habilidade do velho. Eddoes provinha de uma casta hindu inferior e havia muita verdade naquilo que dizia. Sua habilidade era uma espécie de dom da família, passava de pai para filho.

Um dia eu estava varrendo a calçada na frente da casa onde morava e Eddoes apareceu e quis tomar a vassoura de minhas mãos. Eu gostava de varrer e não quis lhe dar a vassoura.

"Menino, o que é que você entende de varrer?", perguntou Eddoes, rindo.

Falei: "E por acaso tem tanta coisa assim para saber?".

Eddoes respondeu: "Esse é o meu serviço, garoto. Tenho experiência. Espere até ser adulto feito eu".

Dei a vassoura para ele.

Depois disso, me senti triste durante muito tempo. Parecia que eu nunca ia ser grande que nem o Eddoes, nunca ia ter aquilo que ele chamava de experiência. Passei a admirar Eddoes mais do que nunca; e mais do que nunca eu queria ser condutor daquelas carrocinhas de lixo.

Mas Elias não era esse tipo de garoto.

Quando nós que formávamos o Clube Júnior da Miguel Street ficávamos de cócoras na calçada conversando, como faziam Hat, Bogart e os outros, a respeito de coisas como a vida, críquete e futebol, um dia falei para Elias: "Então você não quer ser condutor de carrocinha de lixo? O que você quer ser? Gari?".

Elias cuspiu com força na sarjeta e baixou os olhos. Falou em tom muito compenetrado: "Acho que vou ser médico, sabe?".

Se Boyee e Errol tivessem falado algo assim, a gente teria rido. Mas sabíamos que Elias era diferente, sabíamos que Elias tinha inteligência.

Todos nós tínhamos pena de Elias. O pai dele, George, era

brutal com o filho e lhe dava muitas pancadas, mas Elias nunca chorava, nunca dizia nenhuma palavra contra o pai.

Um dia eu estava indo para a loja do Chin comprar três centavos de manteiga e chamei Elias para ir comigo. Não vi George por ali e achei que Elias estaria seguro.

Quando estávamos a apenas duas casas de distância, vimos George. Elias ficou apavorado. George chegou perto e disse em tom áspero: "Onde é que vocês vão?". E na mesma hora deu um murro com força na boca de Elias.

George gostava de bater em Elias. Tinha o hábito de amarrá-lo e depois surrá-lo com uma corda que ele havia encharcado nas sarjetas do seu curral de vacas. Nem nessa hora Elias chorava. E pouco depois eu via George rindo junto com Elias e então George me dizia: "Sei o que você está pensando. Está imaginando como é que eu e ele ficamos amigos de novo tão depressa, não é?".

Quanto mais eu detestava George, mais eu gostava de Elias.

Eu estava disposto a acreditar que um dia ele ia ser médico.

Errol dizia: "Aposto que, quando ele virar médico e tudo, ele vai esquecer todos nós. Não é, Elias?".

Um sorrisinho surgia nos lábios de Elias.

"Não", dizia ele. "Não vou ser assim não. Vou dar um monte de dinheiro e outras coisas para você, para o Boyee e para o resto de vocês, meus amigos." E Elias abanava as mãozinhas no ar e a gente achava que até podia ver o Cadillac, a mala preta e o tubinho de enfiar nos ouvidos que ele ia ter quando fosse médico.

Elias começou a ir à escola que ficava na outra ponta da Miguel Street. Não parecia nem um pouco uma escola. Para mim parecia uma casa igual a qualquer outra, mas do lado de fora tinha uma placa que dizia:

Titus Hoyt, bacharel em artes (Londres, externo)
Aprovação em Cambridge
Diploma garantido

O esquisito era que, embora George batesse em Elias por qualquer motivo, mesmo o mais insignificante, ele tinha muito orgulho do fato de seu filho estar estudando. "O moleque está aprendendo um monte de coisas, sabia? Está lendo em espanhol, francês e latim, e ainda por cima escreve em espanhol, francês e latim."

Um ano antes de sua mãe morrer, Elias fez a prova para obter o diploma do ensino médio de Cambridge.

Titus Hoyt desceu até a nossa ponta da rua.

"Aquele garoto vai ser aprovado com louvor", disse Titus Hoyt. "Com louvor."

Vimos Elias vestido numa calça cáqui alinhada e camisa branca, se encaminhando para a sala de exames, e olhamos para ele cheios de espanto.

Errol disse: "Tudo o que Elias escrever não vai ficar aqui, vocês sabem, não é? Todas as palavras que aquele garoto escrever vão ser levadas para a Inglaterra".

Aquilo não parecia verdade.

"O que vocês acham que é tudo isso, afinal?", disse Errol. "Elias tem inteligência, entendem?"

A mãe de Elias morreu em janeiro e o resultado da prova chegou em março.

Elias não foi aprovado.

Hat examinou a lista no *Guardian* várias vezes, em busca do nome de Elias, dizendo: "Nunca se sabe. As pessoas vivem cometendo erros, sobretudo quando tem uma porção de nomes juntos".

O nome de Elias não estava no jornal.

Boyee falou: "Mas o que é que vocês estavam esperando?

Quem é que corrige as provas? Um inglês, não é? Vocês acham que eles vão aprovar o Elias?".

Elias estava com a gente, parecia triste e não dizia uma palavra.

Hat falou: "É uma tremenda injustiça. Se eles soubessem as dificuldades que o garoto teve de enfrentar, teriam aprovado rapidinho".

Titus Hoyt disse: "Não se preocupem. Roma não foi construída em um dia. Neste ano! Neste ano as coisas vão correr muito, muito melhor. Vamos mostrar uma coisa para aqueles ingleses e para todo mundo lá".

Elias nos deixou e passou a morar com Titus Hoyt. A gente quase não o via. Ficava estudando dia e noite.

Um dia, no mês de março do ano seguinte, Titus Hoyt nos procurou e disse: "Vocês não souberam o que aconteceu?".

"O que aconteceu?", perguntou Hat.

"O garoto é um gênio", disse Titus Hoyt.

"Que garoto?", perguntou Errol.

"Elias."

"O que o Elias fez?"

"O garoto não fez por menos, conseguiu o diploma do ensino médio de Cambridge."

Hat deu um assovio. "O diploma do ensino médio de Cambridge?"

Titus Hoyt sorriu. "Isso mesmo. Ele foi aprovado no terceiro nível. O nome dele vai sair nos jornais amanhã. É o que eu sempre disse, e volto a dizer mais uma vez, o garoto, esse Elias, tem muita inteligência."

Mais tarde, Hat falou: "Dá muita pena que o pai de Elias já tenha morrido. Ele não prestava para nada mesmo, eu sei, mas queria ver seu filho crescer com uma boa educação".

Elias veio naquela noite e todo mundo, meninos e homens,

se juntaram em redor dele. Falaram sobre tudo, menos sobre livros, e Elias também ficou falando de coisas como filmes, garotas e críquete. Ele tinha um ar muito importante.

A certa altura houve uma pausa e Hat falou: "O que é que você vai fazer agora, Elias? Procurar trabalho?".

Elias cuspiu para o lado. "Não, acho que vou fazer a prova outra vez."

Perguntei: "Mas para quê?".

"Quero ser aprovado no segundo nível."

A gente logo compreendeu. Ele queria ser médico.

Elias sentou na calçada e disse: "Pois é. Acho que vou fazer a prova de novo e dessa vez vou me sair tão bem que esse tal de senhor Cambridge vai até dar um berro quando ler o que vou escrever para ele".

Ficamos calados, muito espantados.

"São o inglês e a *litratura* que me derrubam."

Na boca de Elias, *litratura* era a mais bela palavra que eu já tinha ouvido. Parecia uma coisa de comer, algo saboroso feito chocolate.

Hat disse: "Você quer dizer que teve de ler um monte daquelas frescuras?".

Elias fez que sim com a cabeça. A gente achou que não era nada justo obrigar um garoto feito o Elias a ler *litratura* e frescuras assim.

Elias se mudou de novo para a casa cor-de-rosa, que estava vazia desde a morte de seu pai. Ele ficava estudando e trabalhando. Voltou para a escola de Titus Hoyt, não como aluno, mas como professor, e Titus Hoyt disse que pagava para Elias quarenta dólares por mês.

Titus Hoyt acrescentou: "Ele vale o salário. É um dos jovens mais talentosos em toda Port of Spain".

Agora que Elias tinha voltado a ficar com a gente, nós o observávamos melhor. Era o garoto mais limpo da rua. Tomava banho duas vezes por dia e escovava os dentes duas vezes por dia. Fazia tudo isso parado diante da bica na frente de sua casa. Varria a casa todo dia de manhã, antes de ir para a escola. Era o contrário do pai. O pai era baixo, gordo e sujo. Ele era alto, magro e limpo. O pai bebia e dizia palavrões. Ele nunca bebia e ninguém nunca ouviu Elias dizer um nome feio.

Minha mãe me dizia: "Por que você não segue o exemplo do Elias? Eu não sei por que Deus me deu um filho assim feito você".

E toda vez que Hat ou Edward batiam em Boyee e Errol, eles sempre diziam: "Por que está batendo em mim? Não é todo mundo que consegue ser que nem o Elias, sabia?".

Hat costumava dizer: "E a questão não é só que ele tem inteligência. O Elias ainda por cima tem *boas maneiras*".

Portanto acho que fiquei até um pouco feliz quando Elias fez a prova pela terceira vez e não conseguiu ser aprovado.

Hat disse: "Vocês estão vendo só o que esses ingleses fazem com a gente? Ninguém por aqui consegue acreditar que o garoto não passou na prova, mas afinal vocês acham que eles lá vão querer dar uma nota boa para o Elias? Pois sim!".

E todo mundo dizia: "Isso é uma grande vergonha".

E quando Hat perguntou a Elias: "O que você vai fazer agora, garoto?", Elias respondeu: "Sabe, acho que vou procurar um emprego. Acho que vou ser inspetor sanitário".

Em pensamento, vimos Elias de uniforme e capacete cáqui, indo de casa em casa com um caderninho na mão.

"Pois é", disse Elias. "Inspetor sanitário, é isso que vou ser."

Hat falou: "Tem muito dinheiro nessa área, eu acho. Ouvi

dizer que George, seu pai, pagava cinco dólares por mês para o inspetor sanitário ficar de bico calado. Vamos dizer que você tenha dez ou mesmo oito pessoas feito ele. Isso dá, deixe-me calcular... dez vezes cinco dá cinquenta, oito vezes cinco dá quarenta. Pronto, quarenta ou cinquenta dólares limpos todo mês. E veja bem, isso sem contar com o seu salário".

Elias disse: "Não é no dinheiro que estou pensando. Eu gosto de verdade do trabalho".

Era fácil entender aquilo.

Elias disse: "Mas tem uma prova, você sabe".

Hat disse: "Mas eles mandam as provas para a Inglaterra?".

Elias disse: "Não, também não é só isso. Acontece que estou com medo de provas e essas coisas, sabe? Não tenho sorte com esse negócio".

Boyee falou: "Achei que você estava pensando em ser médico".

Hat disse: "Boyee, vou arrancar sua língua se você não ficar de bico calado".

Mas Boyee não falou por mal.

Elias disse: "Mudei de ideia. Acho que quero ser inspetor sanitário. Eu gosto de verdade desse trabalho".

Durante três anos Elias fez a prova para ser inspetor sanitário e não conseguiu ser aprovado em nenhuma das três tentativas.

Elias passou a dizer: "Mas afinal o que é que se podia esperar aqui em Trinidad? A gente tem de subornar todo mundo até para poder cortar as unhas do pé".

Hat falou: "Outro dia conheci um homem na barca e ele me disse que na Guiana Inglesa as provas para inspetor sanitário são muito mais fáceis. Você podia ir à Guiana Inglesa, fazer a prova lá e depois voltar para trabalhar aqui".

Elias foi de avião para a Guiana Inglesa, fez a prova, foi reprovado e voltou.

Hat falou: "Conheci um homem de Barbados. Ele me disse que as provas são muito mais fáceis em Barbados. É fácil, bem fácil mesmo, ele me disse".

Elias foi de avião para Barbados, foi reprovado e voltou.

Hat disse: "Conheci um homem de Grenada outro dia...".

Elias disse: "Cale a droga dessa boca, antes que eu me atraque com você aqui mesmo no meio da rua".

Alguns anos depois, eu mesmo fiz a prova para obter o diploma do ensino médio de Cambridge e o senhor Cambridge me deu uma aprovação de segundo nível. Pedi um emprego na alfândega e não me custou muito para conseguir a vaga. Arranjei um uniforme cáqui com botões de metal e um boné. Muito parecido com o uniforme de inspetor sanitário.

Elias quis me bater no primeiro dia que usei o uniforme.

"O que foi que sua mãe fez para você arranjar esse emprego?", gritou ele, e eu já estava partindo para brigar com Elias quando Eddoes veio apartar a briga.

Eddoes disse: "Ele só está triste e com ciúme. Não está falando por mal".

Pois Elias tinha se tornado um dos aristocratas da rua. Estava conduzindo uma carrocinha de lixo.

"Aqui não tem nada de teoria", dizia Elias. "Este trabalho é só prática. Eu gosto de verdade do trabalho."

5. Homem-homem

Todo mundo na Miguel Street dizia que Homem-homem era maluco e por isso o deixavam em paz. Mas agora não tenho certeza de que ele fosse mesmo maluco e posso pensar em muita gente muito mais maluca do que o Homem-homem.

Ele não parecia maluco. Era um homem de estatura mediana, magro; e também não tinha má aparência. Nunca olhava fixamente para a gente, como eu imaginava que um maluco faria; e quando a gente falava com ele, podia ter certeza de que ia receber uma resposta perfeitamente razoável.

Mas a verdade é que tinha uns hábitos curiosos.

Ele concorria em todas as eleições, para a câmara municipal ou para a assembleia legislativa, por isso colava cartazes em tudo quanto era canto do distrito. Os cartazes eram bem impressos. Só traziam os dizeres: "Vote", e, embaixo, a foto de Homem homem.

Em todas as eleições, ele conseguia apenas três votos. Isso era algo que eu não podia entender. Homem-homem votava em si mesmo, está certo, mas quem eram as outras duas pessoas?

Perguntei ao Hat.

Hat falou: "Não sei, garoto, não sei mesmo. É um verdadeiro mistério. Vai ver que são dois gozadores. Mas devem ser uns gozadores bem esquisitos, se fazem a mesma coisa tantas vezes seguidas. Só podem ser malucos feito ele".

E durante muito tempo a ideia daqueles dois loucos que votavam em Homem-homem não saiu de minha cabeça. Toda vez que eu via alguém fazendo alguma coisa mais estranha, por pouco que fosse, eu logo me perguntava: "Será que é ele que vota em Homem-homem?".

Aqueles dois homens misteriosos andavam à solta pela cidade.

Homem-homem nunca trabalhava. Mas nunca ficava ocioso. Sentia-se hipnotizado pela palavra, sobretudo pela palavra escrita, e podia passar um dia inteiro escrevendo uma única palavra.

Um dia encontrei Homem-homem na esquina da Miguel Street.

"Garoto, aonde você vai?", perguntou Homem-homem.

"Estou indo para a escola", respondi.

E, me olhando com ar solene, Homem-homem me disse de um jeito zombeteiro: "Então quer dizer que você vai para a escola, não é?".

Falei automaticamente: "Sim, vou à escola". E descobri que, sem ter a intenção, eu havia imitado o sotaque muito inglês e muito correto de Homem-homem.

Isto era também outro mistério em Homem-homem: seu sotaque. Se a gente fechasse os olhos enquanto ele falava, poderia perfeitamente acreditar que um inglês — um inglês de uma boa classe, mas que não dava muita atenção à gramática — estava falando com a gente.

Como se estivesse falando para si mesmo, Homem-homem disse: "Quer dizer que nosso homenzinho está indo para a escola".

Então ele se esqueceu de mim, pegou um pedaço de giz bem comprido que estava dentro do bolso e começou a escrever na calçada. Desenhou o contorno de uma letra E bem grande, com o espaço do meio vazio, e depois preencheu todo o meio da letra, em seguida fez o S, o C e o O. Mas aí passou a traçar vários Os, cada um menor do que o anterior, até que começou a escrever em letras cursivas um O depois do outro, num fluxo contínuo.

Quando fui para casa almoçar, ele já havia alcançado a French Street e ainda estava escrevendo Os, e apagando os erros com um trapo.

De tarde, ele tinha contornado o quarteirão e estava quase de volta à Miguel Street.

Fui para casa, troquei o uniforme da escola pela roupa de casa e saí para a rua.

Agora ele estava a meio caminho da Miguel Street.

Falou: "Quer dizer que nosso homenzinho foi para escola hoje, não foi?".

Respondi: "Fui".

Ele ficou de pé e endireitou as costas.

Em seguida ficou de cócoras outra vez e desenhou o contorno de um L bem volumoso e preencheu o espaço do meio de um jeito lento e amoroso.

Quando terminou, se pôs de pé e disse: "Você termina seu trabalho e eu termino o meu".

Ou alguma coisa parecida. Se a gente dizia para Homem-homem que estava indo para o críquete, ele escrevia CRIQU e depois se concentrava nos Es, até ver a gente de novo.

Um dia Homem-homem foi para o grande café que ficava no alto da Miguel Street e começou a latir e rosnar para os clientes que estavam nos tamboretes do balcão, como se ele fosse um cachorro.

O dono do café, um português grandalhão de mãos peludas, falou: "Ei, Homem-homem, saia deste estabelecimento antes que eu arranje uma confusão com você".

Homem-homem limitou-se a rir.

Retiraram Homem-homem à força.

No dia seguinte, o dono descobriu que alguém havia entrado em seu café durante a noite e tinha deixado as portas abertas. Mas nada foi levado.

Hat falou: "Uma coisa que a gente nunca deve fazer é arranjar encrenca com Homem-homem. Ele se lembra de tudo".

Naquela noite de novo o café foi invadido e de novo as portas foram deixadas abertas.

Na noite seguinte o café foi invadido e dessa vez umas bolinhas de excremento foram deixadas bem no meio de cada tamborete, em cima de todas as mesas e sobre o balcão, em intervalos regulares.

O dono do café foi o alvo preferido das gozações na rua durante algumas semanas e só depois de muito tempo as pessoas começaram a frequentar o café outra vez.

Hat falou: "Pois é o que estou dizendo, garoto, eu não gosto de me meter com aquele sujeito. Esse tipo de gente tem mesmo a cabeça maldosa, entende? Foi Deus que fez essa gente assim".

Eram coisas desse tipo que levavam as pessoas a deixar Homem-homem sozinho. O único amigo que ele tinha era um cachorrinho vira-lata, com pintinhas pretas nas orelhas. O cachorrinho, de certo modo, também era parecido com o Homem-homem. Era um cachorro meio gozado. Nunca latia, nunca olhava para a gente e, se a gente olhava para ele, o cachorrinho desviava os olhos. Ele nunca fazia amizade com outros cachorros e, se algum cachorro tentava se mostrar amigo ou então agressivo, o cachorro de Homem-homem lhe dirigia um breve olhar de desprezo e ia embora, sem olhar para trás.

Homem-homem adorava seu cachorro e o cachorro adorava Homem-homem. Eram feitos um para o outro e Homem-homem não conseguiria viver sem seu cachorro.

Homem-homem parecia exercer grande controle sobre os movimentos das vísceras de seu cachorro.

Hat dizia: "Isso é uma coisa que não dá para eu aceitar. Não consigo entender esse negócio de jeito nenhum".

Tudo começou na Miguel Street.

Certa manhã, algumas mulheres acordaram e descobriram que as roupas que tinham deixado do lado de fora para quarar durante a noite tinham sido manchadas pelos respingos de urina de um cachorro. Ninguém queria usar os lençóis e as camisas depois daquilo e, quando Homem-homem apareceu, todo mundo concordou em lhe dar as roupas sujas.

Homem-homem vendeu aquelas roupas.

Hat dizia: "São coisas feito essa que me fazem pensar que o homem talvez seja maluco de verdade".

A partir da Miguel Street, as atividades de Homem-homem se espalharam e todo mundo que havia sofrido com o cachorro de Homem-homem estava ansioso para que outras pessoas passassem pelos mesmos apuros.

Nós, na Miguel Street, acabamos ficando um pouco orgulhosos dele.

Não sei qual foi a causa que levou Homem-homem a ficar bom. Talvez a morte de seu cachorro tenha algo a ver com a questão. O cachorro foi atropelado por um carro e, pelo que disse Hat, o bicho deu só um ganido curtinho e depois ficou em silêncio.

Homem-homem ficou vagando durante dias, com um ar atordoado e perdido.

Não escrevia mais palavras na calçada; não falava mais comigo nem com nenhum menino da rua. Começou a falar sozinho, com as mãos cruzadas e se sacudindo, como se estivesse com calafrios de malária.

Então, um dia falou que tinha visto Deus depois de tomar banho.

Para muitos de nós, aquilo não causou a menor surpresa. Ver Deus era muito comum em Port of Spain e, na verdade, em toda Trinidad, naquela época. O Pundit Hanesh, massagista místico de Fuente Grove, tinha começado com aquele negócio. Também tinha visto Deus e havia publicado um livreto intitulado *O que Deus me disse*. Muitos místicos rivais e não poucos massagistas anunciaram a mesma coisa e suponho que fosse algo natural que, como Deus andava pela área, Homem-homem também O visse.

Homem-homem começou a pregar na esquina da Miguel Street, debaixo do toldo da loja da Mary. Fazia isso todo sábado de noite. Deixou a barba crescer e vestia uma túnica branca e comprida. Arranjou uma Bíblia e outros objetos sagrados e ficava de pé embaixo da luz branca de uma lâmpada de acetileno e pregava. Era um pregador impressionante e pregava de um jeito dramático. Fazia as mulheres chorarem e até pessoas como o Hat ele conseguia deixar de fato preocupadas.

Tinha o hábito de segurar a Bíblia na mão direita, batia nela com a mão esquerda espalmada e, com um sotaque inglês perfeito, dizia: "Andei conversando com Deus nos últimos dias e o que ele me disse sobre vocês, minha gente, não foi nada muito bonito de ouvir. A gente anda ouvindo os políticos falarem todo dia de tornar a ilha autossuficiente. Pois sabem o que foi que Deus me disse na noite passada? Agorinha mesmo, noite passada, logo depois que terminei de comer? Deus me disse: 'Homem-homem, dê uma olhadinha nessa gente aqui'. Aí me mostrou o marido comendo a esposa e a esposa comendo o marido. Me mostrou o pai comendo o filho e a mãe comendo a filha. Me mostrou o irmão comendo a irmã e a irmã comendo o irmão. É isso o que os políticos e toda essa turma têm na cabeça quando dizem que a ilha tem de se tornar autossuficiente. Porém, meus irmãos, ainda não é tarde demais para vocês se voltarem para Deus".

Eu tinha muitos pesadelos todo sábado de noite depois que ouvia Homem-homem pregar. Mas o engraçado era que, quanto mais ele metia medo nas pessoas, mais gente vinha para ouvir sua pregação. E na hora de fazer a coleta de dinheiro, lhe davam cada vez mais.

Nos dias de semana ele se limitava a ficar andando, vestido em sua túnica branca, e pedia comida. Dizia que tinha feito aquilo que Jesus ordenara e tinha renunciado a todos os seus bens. Com sua barba comprida e seus olhos profundos e reluzentes, a gente não conseguia negar nada que ele pedisse. Homem-homem já nem reparava em mim e nunca me perguntava: "Então você está indo para a escola, não é?".

As pessoas na Miguel Street não sabiam como compreender aquela mudança. Tentavam se consolar dizendo que Homem-homem estava maluco de verdade, mas, assim como eu, acho que eles não tinham certeza de que Homem-homem era de fato maluco.

O que aconteceu depois não chegou a ser algo propriamente inesperado.

Homem-homem anunciou que ele era um novo Messias.

Um dia, Hat falou: "Vocês já souberam da última?".

Dissemos: "O que foi?".

"É sobre o Homem-homem. Ele diz que um dia desses vai ser crucificado."

"Ninguém vai tocar nele", disse Edward. "Todo mundo agora tem medo dele."

Hat explicou: "Não, não é nada disso. Ele mesmo vai se crucificar. Uma sexta-feira dessas, ele vai lá para Bacia Azul, vai se amarrar numa cruz e vai deixar as pessoas jogarem pedras nele".

Alguém — Errol, eu acho — riu, mas, vendo que ninguém mais estava rindo, ficou em silêncio de novo.

No entanto, além de nosso espanto e de nossa preocupação, tínhamos muito orgulho por saber que Homem-homem era oriundo da Miguel Street.

Pequenas notas manuscritas começaram a aparecer em lojas, em cafés e nos portões de algumas casas, anunciando a futura crucificação de Homem-homem.

"Vai haver a maior multidão lá em Bacia Azul", anunciou Hat, e acrescentou com orgulho: "E até ouvi falar que vão mandar a polícia também".

Naquele dia, de manhã cedinho, antes de as lojas abrirem e de os ônibus elétricos começarem a rodar na Ariapita Avenue, formou-se uma grande multidão na esquina da Miguel Street. Havia uma porção de homens vestidos de preto e ainda mais mulheres vestidas de branco. Estavam cantando hinos religiosos. Havia também uns vinte policiais mais ou menos, mas não estavam cantando hinos religiosos.

Quando Homem-homem apareceu, com um aspecto muito magro e muito santo, mulheres gritaram e correram para tocar em sua túnica. A polícia ficou a postos, pronta para intervir em caso de dificuldade.

Chegou uma van com uma grande cruz de madeira.

Hat, com um ar de infeliz em seu terno de sarja, falou: "Me disseram que é feita da madeira com que se fabricam os palitos de fósforo. Não é pesada. É bem levinha mesmo".

Edward disse, de um jeito meio áspero: "E isso importa? O que importa é o coração e o espírito".

Hat respondeu: "Não está mais aqui quem falou".

Alguns homens começaram a retirar a cruz de dentro da van

a fim de entregá-la a Homem-homem, mas ele os deteve. Seu sotaque inglês ressoou de modo impressionante naquele horário da manhã, ainda bem cedo. "Aqui não. Deixe para quando chegarmos a Bacia Azul."

Hat ficou decepcionado.

Caminhamos para Bacia Azul, a cachoeira nas montanhas a noroeste de Port of Spain, e levamos duas horas para chegar lá. Homem-homem começou a carregar a cruz desde a estrada, subiu uma trilha pedregosa e depois desceu rumo a Bacia Azul.

Alguns homens se incumbiram de levantar a cruz e nela amarraram Homem-homem.

Ele disse: "Apedrejem-me, irmãos".

As mulheres choravam e jogavam punhadinhos de areia e de pedrinhas aos pés dele.

Homem-homem gemeu e disse: "Pai, perdoai-os. Eles não sabem o que fazem". Depois gritou bem alto: "Apedrejem-me, irmãos".

Uma pedra do tamanho de um ovo atingiu seu peito.

Homem-homem gritou: "Apedrejem, *apedrejem*, APEDREJEM-me, irmãos! Eu os perdoo".

Edward disse: "O homem tem mesmo coragem".

As pessoas começaram a lançar pedras realmente grandes contra Homem-homem, mirando seu rosto e peito.

Homem-homem pareceu magoado e surpreso. Berrou: "Que diabo é isso? Que diabo vocês acham que estão fazendo? Escutem aqui, me tirem desta coisa e bem rápido, deixem-me descer depressa, que vou acertar as contas com o filho da mãe que jogou uma pedra em mim".

Do lugar onde Edward, Hat e o resto de nós estávamos, aquilo pareceu um grito de agonia.

Uma pedra maior acertou Homem-homem; as mulheres jogavam areia e cascalho contra ele.

Ouvimos o grito de Homem-homem, bem claro e nítido: "Parem já com essa bobagem. Parem com isso, estou mandando. Já acabei com essa babaquice, não estão ouvindo?". E então ele começou a soltar palavrões em voz tão alta e com tanta brutalidade que as pessoas pararam, espantadas.

A polícia levou Homem-homem preso.

As autoridades o mantiveram preso, em observação. E depois, para sempre.

6. B. Wordsworth

Três mendigos vinham todos os dias pontualmente às hospitaleiras casas da Miguel Street. Mais ou menos às dez horas, chegava um indiano de tanga e paletó branco e nós despejávamos uma latinha de arroz dentro do saco que ele trazia nas costas. Ao meio-dia aparecia uma velha fumando um cachimbo de barro e ela ganhava um centavo. Às duas horas, um cego guiado por um menino pedia sua moedinha.

De vez em quando aparecia um trapaceiro. Um dia, um homem apareceu na rua e disse que estava com fome. Demos um prato de comida para ele. O homem pediu um cigarro e não quis saber de ir embora enquanto a gente não acendesse o cigarro para ele. Esse homem nunca mais voltou.

O visitante mais esquisito de todos foi o que apareceu um dia de tarde, mais ou menos às quatro horas. Eu tinha voltado da escola e estava com minhas roupas de usar em casa. O homem me disse: "Filho, será que posso entrar no seu quintal?".

Era um homem pequeno e bem-vestido. Usava chapéu, camisa branca e calça preta.

Perguntei: "O que é que você quer?".

Ele respondeu: "Quero olhar suas abelhas".

A gente tinha quatro palmeirinhas e elas estavam cheias de abelhas, que tinham vindo sem ser convidadas.

Subi a escadinha da porta correndo e gritei: "Mãe, tem um homem aqui fora. Ele diz que quer olhar as abelhas".

Minha mãe veio até a porta, olhou para o homem e perguntou com um ar de poucos amigos: "O que é que você quer?".

O homem respondeu: "Quero olhar suas abelhas".

O inglês dele era tão bom que não parecia natural e pude ver que minha mãe ficou preocupada.

Ela me disse: "Fique aqui e tome conta dele enquanto ele olha as abelhas".

O homem disse: "Obrigado, senhora. A senhora fez uma boa ação hoje".

Falava muito devagar e com muita correção, como se cada palavra lhe custasse dinheiro.

Observamos as abelhas, o homem e eu, durante mais ou menos uma hora, agachados perto das palmeiras.

O homem disse: "Eu gosto de observar as abelhas. Filho, você não gosta de observar as abelhas?".

Respondi: "Não tenho tempo".

Ele balançou a cabeça com ar triste. Falou: "Pois é isso o que eu faço, apenas observo. Posso ficar dias observando as formigas. Você já observou as formigas? E os escorpiões, e as centopeias, e as lacraias... você já observou?".

Balancei a cabeça.

Perguntei: "Mas o que é que o senhor faz na vida?".

Ele se pôs de pé e respondeu: "Sou poeta".

Falei: "Um bom poeta?".

Ele respondeu: "O maior que existe no mundo".

"Qual é o nome do senhor?"

"B. Wordsworth."

"B de Bill?"

"Black. Black Wordsworth. White Wordsworth era meu irmão. Nós compartilhamos o mesmo coração. Posso observar uma florzinha igual à glória da manhã e chorar."

Falei: "Por que o senhor chora?".

"Por quê, menino? Por quê? Você vai saber quando for grande. Você também é um poeta, sabia? E quando a gente é poeta pode chorar por qualquer coisa e por tudo."

Eu não podia rir.

Ele disse: "Você gosta da sua mãe?".

"Quando não bate em mim."

Tirou do bolso da calça uma folha de papel impressa e me disse: "Neste papel está o maior poema sobre mães que existe no mundo e vou vendê-lo para você por uma pechincha. Por apenas quatro centavos".

Entrei em casa e disse: "Mãe, você não quer comprar um poema por quatro centavos?".

Minha mãe respondeu: "Diga para esse pobre coitado cair fora do meu quintal agora mesmo, entendeu?".

Respondi para B. Wordsworth: "Minha mãe disse que não tem quatro centavos".

B. Wordsworth falou: "Essa é a tragédia do poeta".

E colocou o papel no bolso outra vez. Não pareceu ficar chateado.

Falei: "É uma coisa engraçada o senhor andar por aí vendendo poemas desse jeito. Só os compositores de calipsos fazem esse tipo de coisa. E tem muita gente que compra?".

Respondeu: "Ninguém até hoje comprou uma única folha de papel".

"Mas então por que o senhor continua andando por aí vendendo poemas?"

Ele disse: "É que desse jeito eu observo uma porção de coisas e sempre espero poder conhecer poetas".

Falei: "O senhor acha mesmo que eu sou poeta?".

"Você é um poeta tão bom quanto eu", disse ele.

E quando B. Wordsworth foi embora, rezei para poder vê-lo de novo.

Uma semana depois, ao voltar da escola de tarde, eu o encontrei na esquina da Miguel Street.

Falou: "Estou esperando você há muito tempo".

Eu disse: "O senhor ainda está vendendo poemas?".

Ele balançou a cabeça.

E disse: "Em meu quintal, tenho a melhor mangueira de Port of Spain. E agora as mangas estão maduras, vermelhas, muito doces e suculentas. Eu estava aqui esperando você para dizer isso e para convidar você para ir comer minhas mangas".

Ele morava na Alberto Street numa cabana de um cômodo construída bem no centro de um terreno. O quintal era todo verde. Tinha uma mangueira grande. Tinha um coqueiro e uma ameixeira. O lugar parecia selvagem, era como se não ficasse na cidade. Nem dava para ver todas as grandes casas de alvenaria que tinha na rua.

Ele tinha razão. As mangas estavam doces e suculentas. Comi umas seis e o suco amarelo das mangas escorria pelos meus braços até os cotovelos, escorria da minha boca até o queixo e minha camisa ficou manchada.

Quando cheguei em casa, minha mãe disse: "Onde é que você andou? Por acaso acha que agora já é um homem e pode andar por onde quiser? Vá cortar uma vara de bambu para mim".

Ela me deu uma surra tremenda e saí de casa correndo, jurando que nunca mais ia voltar. Fui para a casa de B. Wordsworth. Eu estava muito zangado, meu nariz estava sangrando.

B. Wordsworth disse: "Pare de chorar para a gente dar uma volta".

Parei de chorar, mas respirava ofegante. Fomos dar uma volta. Andamos pela St Clair Avenue até a Savana e seguimos até a pista de corrida de cavalos.

B. Wordsworth falou: "Agora vamos deitar aqui na grama e olhar para o céu, e quero que você pense em como aquelas estrelas estão longe de nós".

Fiz o que ele mandou e entendi o que ele queria dizer. Me senti como se fosse nada e ao mesmo tempo nunca me senti tão grande e tão importante em toda a minha vida. Esqueci toda a minha raiva, todas as minhas lágrimas e todas as pancadas que levei.

Quando falei que estava melhor, ele começou a me dizer os nomes das estrelas, e guardei na memória em especial a constelação de Órion o Caçador, se bem que eu não saiba por quê. Até hoje sou capaz de localizar Órion, mas esqueci todo o resto.

Então uma luz forte acendeu bem na nossa cara e vimos um policial. A gente se levantou da grama.

O policial disse: "O que estão fazendo aqui?".

B. Wordsworth respondeu: "Eu me faço essa mesma pergunta há quarenta anos".

Ficamos amigos, B. Wordsworth e eu. Ele me disse: "Você nunca deve contar para ninguém sobre mim nem sobre a mangueira, o coqueiro e a ameixeira. Deve manter isso em segredo. Se contar para alguém, eu vou saber, porque sou um poeta".

Dei a ele minha palavra de honra e guardei o segredo.

Eu gostava do quartinho onde ele morava. Não tinha mais móveis do que a sala da frente da casa de George, mas parecia mais limpo e mais saudável. Mas parecia, também, solitário.

Um dia eu lhe perguntei: “Senhor Wordsworth, por que o senhor deixa todo esse matagal crescer no seu terreno? Assim não acaba deixando a casa mais úmida?”.

Ele disse: “Preste atenção, vou lhe contar uma história. Era uma vez um menino e uma menina que se encontraram e os dois se apaixonaram. Amavam tanto um ao outro que se casaram. Os dois eram poetas. Ele adorava palavras. Ela adorava grama, flores e árvores. Viviam felizes numa casa de um cômodo só e então um dia a menina poeta disse para o menino poeta: ‘Vamos ter mais um poeta na família’. Mas aquele poeta nunca nasceu, porque a menina morreu e o pequeno poeta morreu com ela, dentro dela. E o marido da menina ficou muito triste e disse que nunca mais ia tocar em nada no jardim da menina. E assim o jardim permaneceu, e cresceu, alto e selvagem”.

Olhei bem para B. Wordsworth e, enquanto me contava aquela linda história, ele parecia ficar mais velho. Entendi sua história.

Fizemos longas caminhadas juntos. Fomos aos jardins botânicos e aos jardins de pedras. Subíamos o morro Chancellor no final da tarde, olhávamos a escuridão baixar sobre Port of Spain e víamos as luzes acenderem na cidade e nos navios na enseada.

Ele fazia tudo como se fosse a primeira vez na vida. Ele fazia tudo como se fosse um ritual de igreja.

Ele me dizia: “Agora, que tal a gente tomar um sorvete?”.

E quando eu respondia que sim, ele se mostrava muito sério e dizia: “Então qual é a lanchonete que vamos prestigiar?”. Como se fosse uma coisa muito importante. Ele parava para pensar naquilo por um tempo e então dizia: “Acho que vou negociar a aquisição com a empresa tal”.

O mundo se tornava um lugar muito estimulante.

Um dia, quando eu estava no quintal dele, Wordsworth me disse: "Tenho um grande segredo que agora vou revelar para você".

Falei: "É um segredo de verdade?".

"No momento, é."

Olhei bem para ele e ele olhou bem para mim. Falou: "Isso vai ficar só entre mim e você, não esqueça. Estou escrevendo um poema".

"Ah." Fiquei decepcionado.

Ele disse: "Só que é um tipo diferente de poema. É o maior poema do mundo".

Dei um assovio.

Ele disse: "Estou trabalhando no poema já faz mais de cinco anos, agora. Vou terminar daqui a vinte e dois anos, quer dizer, se eu continuar escrevendo no ritmo atual".

"Então o senhor escreve muito, é?"

Ele disse: "Não mais. Só estou escrevendo um verso por mês. Mas eu tomo todo o cuidado para que seja um bom verso".

Perguntei: "E qual foi o verso bom do mês passado?".

Ele olhou para o céu e disse: "*O passado é profundo*".

Falei: "É um verso muito bonito".

B. Wordsworth disse: "Eu tento destilar as experiências de um mês inteiro em um único verso de poesia. Portanto, daqui a vinte e dois anos, vou ter escrito um poema que vai poder cantar para toda a humanidade".

Fiquei cheio de assombro.

Nossas caminhadas prosseguiram. Um dia, caminhávamos ao longo do quebra-mar, no cais, e eu disse: "Senhor Wordsworth, se eu jogar este alfinete na água, o senhor acha que ele vai boiar?".

Ele respondeu: "O mundo é estranho. Jogue seu alfinete e vamos ver o que vai acontecer".

O alfinete afundou.

Falei: “Como é que anda o poema neste mês?”.

Mas ele nunca mais me disse nenhum verso. Apenas me dizia: “Ah, o poema vai indo, sabe como é. Vai indo”.

Ou então ficávamos sentados no quebra-mar olhando para os navios que entravam na enseada.

Mas nunca mais ouvi nada do maior poema do mundo.

Tive a sensação de que ele estava ficando mais velho.

“Como é que o senhor faz para viver, senhor Wordsworth?”, perguntei um dia.

Ele disse: “Você quer dizer como eu faço para ganhar dinheiro?”.

Quando fiz que sim com a cabeça, ele riu de um jeito meio maroto.

Respondeu: “Eu canto calipsos na temporada dos calipsos”.

“E dá para viver no resto do ano?”

“É o suficiente.”

“Mas o senhor não vai ser o homem mais rico do mundo depois que tiver escrito o maior poema do mundo?”

Ele não respondeu.

Um dia, quando fui vê-lo em sua casinha, dei com ele deitado em sua pequena cama. Parecia tão velho e tão fraco que me vi com vontade de chorar.

Falou: “O poema não vai bem”.

Não estava olhando para mim. Olhava através da janela, para o coqueiro, e falava como se eu não estivesse lá. Disse: “Quando eu tinha vinte anos, senti o poder dentro de mim". Depois, quase diante de meus olhos, pude ver seu rosto ficando mais velho e mais cansado. Falou: "Mas isso... isso foi há muito tempo".

E então... senti de forma tão intensa, foi como se eu tivesse levado um tapa de minha mãe. Pude ver aquilo com toda clareza no rosto dele. Estava lá para quem quisesse ver. Morte no rosto que se encolhe.

Olhou para mim, viu minhas lágrimas e se pôs sentado.

Falou: "Venha cá". Cheguei perto e sentei sobre seus joelhos.

Olhou dentro de meus olhos e disse: "Ah, você pode ver também. Eu sempre soube que você tinha o olho do poeta".

Ele nem mesmo parecia triste e aquilo me fez chorar e soluçar bem alto.

Puxou-me para junto de seu peito magro e disse: "Quer que eu lhe conte uma história engraçada?", e sorriu para mim a fim de me animar.

Mas não consegui responder.

Ele disse: "Quando eu tiver terminado essa história, quero que você prometa que irá embora e nunca mais voltará aqui para me ver. Você promete?".

Fiz que sim com a cabeça.

Ele disse: "Muito bem. Pois então escute. Aquela história que lhe contei sobre o menino poeta e a menina poeta, lembra? Aquilo não era verdade. Foi só uma coisa que inventei. Toda aquela conversa sobre poesia e sobre o maior poema do mundo, aquilo também não era verdade. Não acha que isso é a coisa mais engraçada que já ouviu?".

Mas sua voz fraquejou.

Saí de lá e corri para minha casa, como um poeta, chorando por tudo o que via no caminho.

Um ano depois, percorri a pé a Alberto Street, mas não consegui encontrar nenhum vestígio da casa do poeta. Havia desaparecido, sem mais nem menos. Tinha sido demolida e uma grande construção, de dois andares, tomara seu lugar. A mangueira, o coqueiro e a ameixeira tinham sido cortados e havia tijolos e concreto por todo lado.

Era como se B. Wordsworth nunca tivesse existido.

7. O covarde

Pé Grande era realmente grande e realmente preto e todo mundo na Miguel Street tinha medo dele. Não era seu tamanho nem sua cor preta que as pessoas temiam, pois havia gente maior e mais preta por ali. As pessoas tinham medo dele porque era muito calado e rabugento; ele *parecia* perigoso, como aqueles cachorros terríveis que nunca latem, mas ficam só olhando para a gente com o canto dos olhos.

Hat dizia: "É só um jeito de se mostrar, sabe, todo aquele ar caladão que ele representa para a gente. Ele é calado só porque não tem mesmo nada para dizer, só isso".

Mesmo assim podíamos escutar Hat dizendo para todo tipo de gente, nas corridas e nas partidas de críquete: "Pé Grande e eu? Somos amigos do peito, cara. A gente cresceu junto".

E na escola eu mesmo dizia: "O Pé Grande mora bem na minha rua, sabiam? Conheço muito bem o Pé Grande e, se algum de vocês tocar um dedo em mim, vou contar para o Pé Grande".

Naquela época, eu nunca tinha trocado nenhuma palavra com Pé Grande.

Na Miguel Street, tínhamos orgulho de falar dele porque ele era uma espécie de celebridade em Port of Spain e gozava de uma enorme reputação. Foi o Pé Grande que, um dia, jogou uma pedra no prédio da Rádio Trinidad e quebrou uma vidraça. Quando o juiz perguntou por que tinha feito aquilo, Pé Grande apenas respondeu: "Para acordar aquela gente".

Um simpatizante pagou sua fiança.

E houve uma vez em que ele arranjou um emprego de motorista de um ônibus movido a diesel. Conduziu o ônibus para fora da cidade, até Carenage, a oito quilômetros de distância, e disse para os passageiros desembarcarem e tomarem banho. Ficou parado bem perto para ver se faziam o que tinha mandado.

Depois disso arranjou um emprego de carteiro e se divertiu muito entregando a correspondência nos endereços errados. Foi encontrado na beira do cais, com a bolsa cheia de cartas, banhando os pés na água do Golfo de Paria.

Falou: "É um trabalho pesado ficar andando para todo lado, entregando as cartas das pessoas. A gente acaba virando um selo de correio".

Trinidad inteira o encarava como um comediante, mas nós que o conhecíamos pensávamos de outra forma.

Eram pessoas como Pé Grande que traziam má fama para as bandas que tocavam usando latas de folha de flandres, típicas de Trinidad. Pé Grande estava sempre disposto a começar uma briga contra outra banda, mas parecia tão grandalhão e tão perigoso que ele mesmo nunca se envolveu em briga alguma e nunca ficou na cadeia mais do que três meses de cada vez.

Hat, em especial, tinha medo de Pé Grande. Hat dizia muitas vezes: "Não sei por que não deixam o Pé Grande na prisão logo de uma vez, sinceramente".

Era de imaginar que, pelo menos quando Pé Grande estava batucando suas latas e dançando na rua no Carnaval, fosse sorrir e parecer feliz. Mas nada disso. Era em ocasiões como essa que ele exibia seu rosto mais zangado e mais cruel; e quando a gente o via batendo numa lata, pela seriedade de sua cara, tinha a impressão de que estava praticando algum ato sagrado.

Um dia, um grande bando formado por nós — Hat, Edward, Eddoes, Boyee, Errol e eu mesmo — fomos ao cinema. Sentamos numa fileira, rimos e falamos durante o filme inteiro e nos divertimos muito.

Uma voz atrás soou, muito tranquila: "Fiquem quietos".

Viramos e vimos Pé Grande.

Com ar displicente, tirou um canivete do bolso da calça, pôs a lâmina para fora com o estalo de uma mola e cravou-a na parte de trás de minha poltrona.

Ergueu os olhos para a tela e disse num tom amistoso e apavorante: "Falem".

Não falamos mais nenhuma palavra até o fim do filme.

Mais tarde, Hat falou: "Só filho de policial se comporta desse jeito. Filho de policial e filho de padre".

Boyee disse: "Você quer dizer que Pé Grande é filho de padre?".

Hat respondeu: "Você é muito burro mesmo, não é? Por acaso padres têm filhos?".

Ouvimos Hat contar um bocado de coisas sobre o pai de Pé Grande. Pelo visto ele causava um terror tão grande quanto o filho. Uma vez que Boyee, Errol e eu estávamos comparando nossas observações sobre as surras que levávamos, Boyee falou: "As pancadas que a gente leva não são nada se comparadas com as surras que Pé Grande levava do pai. Foi assim que ele ficou tão grande, sabiam? Outro dia conheci um garoto de Belmont, na Savana, e esse garoto me contou que pancadas fazem a gente crescer mesmo".

Errol disse: "Você é um tremendo otário, cara. Como é que você deixa os outros fazerem você de bobo desse jeito?".

E uma vez Hat disse: "O pai de Pé Grande, o policial, todo dia dava muita pancada em Pé Grande. Como se fosse um remédio. Três vezes por dia após as refeições. E depois eu ouvia Pé Grande falar. Ele dizia: 'Quando eu for grande e tiver filhos, vou bater neles e vou bater muito'".

Não falei isso na ocasião, porque tive vergonha; mas muitas vezes tive a mesma ideia quando minha mãe me dava uma surra.

Perguntei para Hat: "E a mãe de Pé Grande? Também batia nele?".

Hat disse: "Ah, meu Deus! Isso iria matar o Pé Grande. Ele nunca teve mãe nenhuma. O pai dele não casou, graças a Deus".

Naquele tempo os americanos estavam formigando por tudo quanto era canto de Port of Spain, deixando a cidade agitada para valer. As crianças não demoraram para entender que os americanos eram pessoas fáceis, sempre de mãos abertas. Hat começou a arquitetar um pequeno trambique. Mandava cinco de nós andar por todo o distrito, pedindo goma de mascar e chocolate para os soldados americanos. Para cada pacote de goma de mascar, ele nos dava um centavo. Às vezes eu chegava a ganhar dez centavos num dia. Mais tarde um garoto me disse que Hat estava vendendo a goma de mascar por seis centavos o pacote, mas não acreditei.

Certo dia, à tarde, parado na calçada na frente da minha casa, vi um soldado americano lá embaixo na rua, vinha na minha direção. Eram mais ou menos duas horas da tarde, fazia muito calor e a rua estava quase vazia.

O americano se comportou de um jeito bastante surpreendente quando pulei na frente dele e perguntei: "Tem goma de mascar aí, Joe?".

Ele resmungou alguma coisa sobre crianças que ficavam pedindo coisas na rua e acho que ia me dar um tapa ou um murro. Ele não era muito grande, mas fiquei com medo. Acho que o soldado estava bêbado.

Ele contraiu a boca.

Uma voz rude falou: "Cuidado aí, deixe o garoto em paz, está ouvindo?".

Era Pé Grande.

Ninguém falou mais nada. O americano, humilde de repente, foi embora, fingindo com toda força que não estava com a menor pressa.

Pé Grande nem olhou para mim.

Eu nunca mais perguntei: "Tem goma de mascar aí, Joe?".

No entanto aquilo não me levou a gostar de Pé Grande. Creio que fiquei até com um pouco mais de medo dele.

Contei para Hat sobre o americano e Pé Grande.

Hat disse: "Os americanos não são todos assim. Você vai desperdiçar doze centavos por dia desse jeito".

Mas eu não quis mais saber de pedir coisas na rua.

Falei: "Se não fosse o Pé Grande, o homem teria me matado".

Hat disse: "Sabe de uma coisa? Ainda bem que o pai de Pé Grande morreu antes de o Pé Grande ficar mesmo grande".

Eu disse: "Mas afinal o que foi que aconteceu com o pai de Pé Grande?".

Hat respondeu: "Você não soube? É uma coisa muito falada. Um bando de pretos bateu nele até matar, em 1937, quando estavam acontecendo as rebeliões nos campos de petróleo. O pai de Pé Grande estava querendo bancar o herói, do mesmo jeito que o Pé Grande está querendo bancar o herói agora".

Perguntei: "Hat, por que você não gosta do Pé Grande?".

Hat respondeu: “Não tenho nada contra ele”.

Falei: “Mas então por que tem tanto medo dele?”.

Hat me disse: “E você também não tem medo dele?”.

Fiz que sim com a cabeça. “Mas tenho a sensação de que você fez alguma coisa contra ele e por isso fica preocupado.”

Hat respondeu: “Na verdade, não foi nada demais. É só uma coisa engraçada. Uma porção de gente também infernizava bastante a vida do Pé Grande. Ele era fininho, fininho, quando era pequeno, sabe, e a gente se divertia um bocado botando ele para correr por todo lado. Ele não conseguia fugir da gente”.

Tive pena do Pé Grande.

Falei: “E o que há de engraçado nisso?”.

Hat respondeu: “Vou contar. Sabe qual foi o final da história? Pé Grande se tornou o melhor corredor de todos nós. Na aula de educação física da escola, ele corria cem metros em dez segundos e quatro centésimos. Pelo menos é o que dizem, mas você sabe que as pessoas em Trinidad não conseguem marcar o tempo direito. Seja como for, depois disso todos nós queríamos ser amigos dele. Mas ele não queria saber de nós, de jeito nenhum”.

E então eu me perguntei por que Pé Grande evitava bater em Hat e no resto das pessoas que, quando ele era criança, viviam infernizando sua vida.

Mas mesmo assim eu ainda não gostava dele.

Pé Grande virou carpinteiro por um tempo e na verdade fez dois ou três enormes guarda-roupas, móveis brutos e feios. Mas vendeu os guarda-roupas. E depois virou pedreiro. Não existe orgulho tolo entre os artesãos de Trinidad. Ninguém é especialista em nada.

Um dia ele veio ao nosso quintal para fazer um serviço.

Fiquei parado perto dele, observando seu trabalho. Não falei com ele e ele também não falou comigo. Notei que usava os pés como se fossem desempoladeiras. Resmungava: "É um trabalho duro, tem de ficar encurvado o tempo todo".

Ele fez o trabalho muito bem-feito. Não era à toa que tinha os pés grandes.

Lá pelas quatro horas ele caiu fora e falou comigo.

Disse: "Garoto, vamos dar uma volta. Estou com muito calor e quero me refrescar".

Não queria ir, mas tive a sensação de que tinha de ir.

Fomos ao quebra-mar, no cais, e ficamos observando o mar. Logo começou a escurecer. As luzes se acenderam na enseada. O mundo pareceu muito grande, escuro e silencioso. Nós dois nos levantamos sem dizer nenhuma palavra.

De repente, bem perto de nós, um latido muito forte rompeu o silêncio.

O inesperado e a estranheza do barulho me deixaram paralisado por um momento.

Era só um cachorro, um cachorrinho branco e preto, com orelhas grandes e de pontas caídas. Estava encharcado, pingando e abanava o rabo, amigavelmente.

Falei: "Vem cá, meu garoto", e o cachorro sacudiu a água de seu pelo, respingando em mim, e depois pulou bem em cima de mim, latindo e se contorcendo todo.

Eu já havia me esquecido de Pé Grande e, quando procurei por ele, vi que estava a uns vinte metros, correndo o mais depressa que podia.

Gritei: "Está tudo bem, Pé Grande".

Mas ele parou antes de ouvir meu grito.

Gritou bem alto: "Ah, meu Deus, estou morto, estou morto. Uma garrafa grande, muito grande, cortou meu pé".

Eu e o cachorro corremos até ele.

Mas quando o cachorro chegou perto, Pé Grande pareceu esquecer seu pé, que estava sangrando muito. Começou a abraçar e acariciar o cachorro molhado e ria de um jeito alucinado.

Ele tinha feito um corte muito feio no pé e no dia seguinte vi seu pé enrolado numa atadura. Não pôde vir para terminar o serviço que tinha começado a fazer em nosso quintal.

Eu tinha a sensação de que sabia muito mais do que qualquer outra pessoa na Miguel Street a respeito de Pé Grande e tinha medo por saber tanto. Eu me sentia que nem um daqueles homens pequenos que aparecem nos filmes de gângster, que sabem coisas demais e por isso acabam sendo mortos.

E daí em diante tomei consciência de que Pé Grande sabia o que eu estava pensando. Eu sentia o seu temor de que eu fosse contar.

Mas, apesar de eu estar à beira de explodir com o segredo de Pé Grande, não contei nada para ninguém. Eu bem que gostaria de deixá-lo tranquilo, mas não havia jeito de fazer isso.

Sua presença na rua se tornou uma coisa que me oprimia. E a única coisa que eu podia fazer para me controlar era dizer para Hat: "Não tenho medo nenhum de Pé Grande. Não sei por que vocês têm tanto medo dele".

Errol, Boyee e eu estávamos sentados na calçada, conversando sobre a guerra.

Errol disse: "Se nomearem lorde Anthony Eden para o cargo de primeiro-ministro, vamos dar uma tremenda surra nos alemães".

Boyee disse: "Mas o que o lorde Eden vai fazer?".

Errol apenas deu um gemido, como alguém que sabe das coisas.

Falei: "Pois é, eu sempre achei que se nomeassem lorde Eden primeiro-ministro a guerra ia acabar rapidinho".

Boyee disse: "Acontece que vocês não conhecem os alemães. Os alemães são fortes feito o diabo, sabiam? Um garoto me contou que os alemães conseguem até mastigar um prego com os dentes"

Errol disse: "Mas agora a gente tem os americanos do nosso lado".

Boyee falou: "Mas eles não são grandalhões que nem os alemães. Todos os alemães são grandalhões e fortes feito o Pé Grande, sabiam? E são mais corajosos do que o Pé Grande".

Errol disse: "Psiu, cale a boca! Olhe, lá vem ele".

Pé Grande já estava bem perto e tive a sensação de que ele podia ouvir nossa conversa. Estava olhando para mim e tinha uma expressão curiosa nos olhos.

Boyee disse: "Por que você está me mandando calar a boca? Não estou falando nada de mais. Só estou dizendo que os alemães são grandalhões e corajosos que nem o Pé Grande".

Por um momento vi um olhar de súplica nos olhos de Pé Grande. Desviei meu olhar.

Depois que Pé Grande passou, Errol me disse: "Parece que o Pé Grande tem alguma coisa com você, garoto".

Um dia de tarde, Hat estava lendo o jornal da manhã. Gritou para nós: "Olhem só o que estou lendo aqui no jornal".

Perguntamos: "O que foi que aconteceu agora?".

Hat respondeu: "É sobre o Pé Grande".

Boyee disse: "O que foi, meteram o Pé Grande na prisão de novo?".

Hat respondeu: "O Pé Grande vai lutar boxe".

Compreendi melhor do que era capaz de dizer.

Hat falou: "Vão fazer picadinho dele. Se ele acha que lutar boxe é só se atracar com o adversário e distribuir murros, logo, logo vai descobrir o tamanho do seu erro".

Os jornais fizeram um grande alarde com aquele assunto. A manchete mais popular foi: GOZADOR VIRA PUGILISTA.

E quando vi Pé Grande de novo, tive a sensação de que podia enxergar através de seus olhos.

E agora eu não tinha mais medo dele: eu temia por ele.

Mas não precisava. Pé Grande foi aquilo que os repórteres esportivos chamavam de "sucesso fenomenal". Vencia luta após luta por nocaute, e a Miguel Street sentiu ainda mais medo dele e teve ainda mais orgulho dele.

Hat disse: "Tudo isso é só porque ele está lutando com uma gentinha burra. Ainda não enfrentou ninguém de primeira categoria".

Pé Grande parecia ter se esquecido de mim. Seus olhos já não procuravam os meus quando nos encontrávamos e ele não parava mais para falar comigo.

Ele era o terror da rua. Eu, como todo mundo, ficava assustado com ele. Como antes, e eu preferia que fosse assim.

Ele começou até a se mostrar mais.

Era comum a gente ver Pé Grande correndo para cima e para baixo pela Miguel Street, vestido num calção marrom de aspecto idiota, e ele se recusava com firmeza a reparar em quem quer fosse.

Hat andava apavorado.

Dizia: "Não deviam deixar um homem que já foi preso lutar boxe".

Um dia apareceu um inglês em Trinidad e os jornais o entrevistaram. O homem disse que era lutador de boxe e campeão da Força Aérea Real. Na manhã seguinte a foto dele foi publicada.

Dois dias depois apareceu outra foto do homem. Dessa vez estava só de calção preto e fazia pose de lutador, voltado para a câmera, com as luvas de boxe.

A manchete dizia: QUEM VAI ENFRENTAR ESTE HOMEM?

E Trinidad respondeu: "Pé Grande vai enfrentar esse homem".

Houve uma intensa empolgação quando Pé Grande aceitou lutar. Miguel Street apareceu no noticiário e até Hat se mostrou contente.

Hat disse: "Sei que é uma bobagem dizer isso, mas tomara que Pé Grande vença". E saiu pelo distrito fazendo apostas com todo mundo que tivesse dinheiro para jogar fora.

Comparecemos em massa ao estádio naquela noite.

Hat corria feito um louco para lá e para cá, brandindo uma nota de vinte dólares e gritando: "Vinte contra cinco, Pé Grande vai vencer".

Apostei seis centavos com Boyee que Pé Grande ia perder.

E, de fato, quando Pé Grande veio para o ringue, dançando com ar de desdém sobre o ringue sem olhar para ninguém na multidão, ficamos contentes.

Hat gritou: "Esse é o cara!".

Não fui capaz de assistir à luta. Fiquei o tempo todo olhando para a única mulher na multidão. Era americana ou canadense e ficou mordiscando amendoins. Era tão loura, o cabelo parecia palha. Toda vez que um soco atingia o alvo, a multidão rugia e a mulher contraía os lábios como se ela mesma tivesse levado o soco, e depois mordiscava ferozmente seus amendoins. Nenhuma vez gritou nem levantou nem sacudiu as mãos no ar. Tive ódio daquela mulher.

Os gritos ficaram mais altos e mais frequentes.

Pude ouvir Hat gritando: "Vamos lá, Pé Grande. Acerte o cara. Dê um soco nele". Depois, com pânico na voz: "Lembre-se do seu pai".

Mas os gritos de Hat se extinguiram.

Pé Grande tinha perdido a luta, por pontos.

Hat teve de pagar cem dólares em cinco minutos.

Falou: "Vou ter de vender a vaca branca e marrom, aquela que comprei do George".

Edward disse: "É a vontade de Deus".

Boyee me disse: "Amanhã eu lhe dou seus seis centavos".

Respondi: "Seis centavos, *amanhã*? Mas quem você pensa que eu sou? Um milionário? Escute aqui, cara, trate de me dar esse dinheiro agora, já, entendeu?".

Ele pagou.

Mas a multidão estava rindo, rindo.

Olhei para o ringue.

Pé Grande estava chorando. Parecia uma criança e, quanto mais chorava, mais alto gemia, e mais doloroso era de ouvir.

O segredo que eu tinha guardado sobre Pé Grande agora tinha sido revelado para todo mundo.

Hat disse: "Como pode ser, ele está chorando mesmo?". E Hat deu uma gargalhada.

Parecia ter esquecido tudo a respeito da vaca. Falou: "Ora, ora, quem diria, olhe só para ele!".

E todos nós da Miguel Street rimos de Pé Grande.

Todos menos eu. Pois eu sabia como ele se sentia, embora ele fosse um adulto e eu, um garoto. Preferia não ter apostado os seis centavos com Boyee.

Os jornais da manhã seguinte diziam: PUGILISTA SOLUÇA NO RINGUE.

Trinidad achou que Pé Grande, o comediante, estava fazendo mais uma de suas coisas engraçadas.

Mas nós sabíamos que não era isso.

Pé Grande foi embora da Miguel Street e a última coisa que eu soube dele foi que era um trabalhador braçal numa pedreira em Laventille.

Mais ou menos seis meses depois, um pequeno escândalo causou sensação em Trinidad e fez todo mundo se sentir idiota.

Revelou-se que o campeão da Força Aérea Real nunca havia estado na Força Aérea Real e, como lutador de boxe, era totalmente desconhecido.

Hat falou: "Bem, afinal o que é que a gente pode esperar num lugar feito este aqui".

8. O pirotécnico

Um estranho podia passar de carro pela Miguel Street e dizer apenas: "Favela!", porque não conseguia enxergar mais nada. No entanto nós que morávamos lá víamos nossa rua como um mundo, onde cada um era completamente diferente do resto. Homem-homem era maluco; George era burro; Pé Grande era brigão; Hat era um aventureiro; Popo era um filósofo; e Morgan era nosso comediante.

Ou pelo menos era assim que o encarávamos. Mas, olhando para trás, após tantos anos, acho que ele merecia muito mais respeito do que a gente lhe dava. Era culpa dele mesmo, é claro. Era um desses homens que fazem papel de palhaço de propósito e não ficava satisfeito até que rissem dele e vivia pensando numa nova loucura que ele esperava que nos fizesse rir. Era o tipo de homem que, logo depois de fazer os outros rirem ao riscar um fósforo na própria boca e tentar acender com ele seu cigarro, faz a mesma coisa de novo e várias vezes seguidas, sem parar.

Hat dizia: "É uma grande chatice ter esse cara tentando ser

engraçado o tempo todo, quando todos nós sabemos muito bem que ele não é nem um pouco feliz".

Eu tinha a impressão de que às vezes Morgan sabia que suas piadas não estavam colando e isso o deixava tão infeliz que todos nós nos sentíamos indelicados e maldosos.

Morgan foi o primeiro artista que conheci em minha vida. Ele passava quase todo o tempo pensando sobre a beleza, até quando estava fazendo papel de bobo. Morgan fazia fogos de artifício. Adorava fogos de artifício e era cheio de teorias sobre fogos de artifício. Alguma coisa a ver com a Dança Cósmica ou a Dança da Vida. Mas esse era o tipo de conversa que entrava por um ouvido e saía pelo outro, na Miguel Street. E quando Morgan notava isso, passava a usar palavras ainda mais imponentes. Só para fazer graça. Uma dessas palavras que aprendi com Morgan é o título deste texto.

Mas muito pouca gente em Trinidad usava os fogos de artifício de Morgan. Todas as grandes festas na ilha passavam — Corridas, Carnaval, Dia da Descoberta, Centenário Indiano — e, enquanto o resto da ilha enlouquecia com rum, música e mulheres bonitas à beira do mar, Morgan apenas enlouquecia de raiva.

Morgan ia para a Savana e observava os fogos de artifício de seus rivais e ouvia os aplausos da multidão quando os fogos espirravam e polvilhavam o céu com lantejoulas. Ele voltava para casa cheio de fúria e batia em todos os filhos. Tinha dez filhos. Sua esposa era grande demais para ele bater.

Hat dizia: "É melhor a gente chamar o corpo de bombeiros".

E durante as duas ou três horas seguintes, Morgan andava para lá e para cá de um jeito louco em volta de seu quintal, disparando fogos de artifício tão alucinadamente que nós ouvíamos sua esposa gritar: "Morgan, pare de bancar o maluco. Você fez dez filhos e tem uma esposa, não pode se dar ao luxo de morrer agora".

Morgan urrava feito um touro e batia na cerca de ferro galvanizado.

Gritava: "Todo mundo quer bater em mim. Todo mundo".

Hat dizia: "Vocês olhem bem, agora é que a gente está ouvindo o verdadeiro Morgan".

Aqueles ataques de loucura faziam de Morgan um terror de fato. Quando estava atacado, cismava que Bhakcu, o gênio da mecânica, que era meu tio, estava sempre pronto para vir bater nele, e por volta das onze horas da noite a ideia parecia simplesmente explodir dentro de sua cabeça.

Ele batia na cerca e gritava: "Bhakcu, seu barrigudo imprestável filho da mãe, saia daí e lute como um homem".

Bhakcu continuava a ler o *Ramayana* com sua voz cantada e pesarosa, deitado de barriga para baixo em sua cama.

Bhakcu era um homem grandalhão e Morgan era um homem muito pequeno, com as menores mãos e os pulsos mais finos da Miguel Street.

A senhora Bhakcu dizia: "Morgan, por que não cala a boca e vai dormir?".

A senhora Morgan retrucava: "Ei, sua mulher de pés finos! É melhor deixar meu marido em paz, está ouvindo? Por que não vai cuidar do seu marido?".

A senhora Bhakcu dizia: "É melhor você ficar de bico calado. Senão vou aí e viro sua cara do avesso com um só tabefe, está ouvindo?".

A senhora Bhakcu tinha um metro e trinta de altura, um metro de largura e um metro de profundidade. A senhora Morgan tinha um pouco mais de um metro e oitenta e um físico igual ao de um levantador de peso.

A senhora Morgan dizia: "Por que não leva seu marido barrigudo para consertar uns automóveis por aí e assim ele para de ler essa lenga-lenga idiota que vive recitando o tempo todo?".

Mas a essa altura Morgan estava na calçada junto com a gente, rindo de um jeito gozado e dizendo: "Escutem só essas mulheres falando!". Tomava um pouco de rum de uma garrafinha que trazia no bolso e dizia: "Olhem só. Vocês não conhecem aquele calipso?

Quanto mais tentam me fazer mal
Melhor eu vivo em Trinidad.

Comigo é a mesma coisa, sabiam? Ano que vem, mais ou menos nesta época do ano, eu vou encontrar o rei da Inglaterra e o rei da América, que vão me pagar milhões para eu mostrar meus fogos de artifício para eles. Os fogos de artifício mais bonitos que este mundo já viu".

E Hat ou outra pessoa perguntava: "Você vai mostrar seus fogos de artifício para eles?".

Morgan respondia: "Mostrar *o quê?* Ano que vem, mais ou menos nesta época do ano, eu vou encontrar o rei da Inglaterra e o rei da América, que vão me pagar milhões para mostrar meus fogos de artifício para eles. Os fogos de artifício mais bonitos que este mundo já viu".

E enquanto isso, nos fundos do quintal, a senhora Bhakcu dizia: "*Ele* tem um barrigão, pode ser. Mas o que é que o seu marido tem? Nem sei como é que o seu marido vai estar vivendo daqui a um ano, está ouvindo?".

E na manhã seguinte, Morgan estava sóbrio e sereno como sempre, falando sobre suas experiências.

Morgan mais parecia um pássaro do que um homem. Não era só o fato de ser fininho que nem um palito de fósforo. Tinha um pescoço comprido que podia girar para os lados como o de um pássaro. Seus olhos eram brilhantes e inquietos. E quando falava era de um jeito que parecia estar dando bicadas no ar, não como se estivesse soltando palavras, mas sim bicando uma espiga de milho. Caminhava num passinho ligeiro e curto, olhando para trás, por cima do ombro, como se alguém o estivesse seguindo, só que não havia ninguém.

Hat disse: "Sabem por que ele ficou assim? Foi por causa da mulher dele. Morre de medo da mulher. É espanhola, sabe como é. Cheia de sangue e de fogo".

Boyee disse: "Não será por isso que ele tem tanta vontade de disparar os fogos de artifício?".

Hat disse: "As pessoas são engraçadas feito o diabo. A gente nunca sabe o que há com elas".

Mas Morgan gostava de fazer piada até da própria aparência, abanando os braços e as pernas no ar, quando sabia que alguém estava olhando para ele.

Morgan também fazia piada de sua esposa e de seus dez filhos. "Para mim, é um milagre", disse ele, "que um homem que nem eu tenha dez filhos. Nem sei como é que consigo dar conta de todos eles."

Edward perguntou: "E como é que você tem certeza de que são mesmo seus filhos?".

Morgan riu e respondeu: "Eu tenho lá minhas dúvidas".

Hat não gostava de Morgan. Dizia: "É difícil dizer, mas tem alguma coisa nele que não consigo suportar de jeito nenhum. Sempre tenho a impressão de que está exagerando tudo. Sempre tenho a impressão de que está mentindo sobre tudo. Tenho a impressão de que mente até para si mesmo".

Acho que nenhum de nós compreendia o que Hat queria dizer. Morgan estava se tornando um pouco incômodo e já estava difícil até de sorrir quando a gente o via chegar, e o que ele mais queria era que a gente sorrisse.

No entanto suas experiências com os fogos de artifício continuaram; e de vez em quando ouvíamos uma explosão na casa de Morgan e víamos as baforadas de fumaça colorida. Aquilo era uma das diversões permanentes da rua.

Mas à medida que o tempo passava e Morgan notava que ninguém estava a fim de pagar pelos seus fogos de artifício, ele começou a fazer piada até mesmo de seus fogos de artifício. Não ficava satisfeito só com o riso da rua quando havia uma explosão em sua casa.

Hat disse: "Quando um homem começa a rir de uma coisa pela qual ele luta o tempo todo, a gente já não sabe se deve rir ou chorar". E Hat concluiu que Morgan não passava de um tolo.

Suponho que tenha sido por causa de Hat que a gente resolveu não rir mais de Morgan.

Hat falou: "Isso vai fazer o Morgan parar de fazer papel de bobo".

Mas não deu certo.

Morgan ficou mais desvairado do que nunca e passou a desafiar Bhakcu para brigar, duas ou três vezes por semana. Passou a bater nos filhos mais do que nunca.

E fez uma última tentativa de nos fazer rir.

Quem me contou o caso foi Chris, o quarto filho de Morgan. Estávamos no café na esquina da Miguel Street.

Chris falou: "Falar com você agora é um crime, sabia?".

Falei: "Não me diga. É o velho de novo, é?".

Chris fez que sim com a cabeça e me mostrou uma folha de papel, onde estava escrito CRIME E CASTIGO.

Chris falou com orgulho: "Olhe só isto aqui".

Era uma lista comprida, com itens como estes:

Por brigar	I) em casa	cinco socos
	II) na rua	sete socos
	III) na escola	oito socos

Chris olhou para mim e disse, num tom muito preocupado: "É de matar a gente de rir, não acha? Esse tipo de negócio transforma os socos numa piada".

Falei que sim e perguntei: "Mas você diz que é um crime falar comigo. Onde é que está isso?".

Chris me mostrou:

Falar com moleques da rua	Quatro socos
Brincar com moleques da rua	Oito socos

Falei: "Mas o seu pai não se importa de falar com a gente. O que tem de errado em falar com a gente?".

Chris respondeu: "Mas isso na verdade não é nada. Você tem de ir lá em casa no domingo para ver só o que acontece".

Eu podia ver muito bem que Chris estava bastante satisfeito.

Uns seis de nós fomos à casa dele no domingo. Morgan estava lá para nos receber e nos conduziu até a sala de estar. Em seguida ele sumiu. Havia muitas cadeiras e bancos, como se fosse acontecer um concerto. O filho mais velho de Morgan estava em pé em cima de uma mesinha no canto.

De repente esse menino falou: "De pé!".

Todos nós levantamos e Morgan apareceu, sorrindo para todos os lados.

Perguntei para Hat: "Por que ele está sorrindo tanto assim?".

Hat respondeu: "É assim que os juízes ficam sorrindo quando entram no tribunal".

O filho mais velho de Morgan gritou: "Andrew Morgan!".

Andrew Morgan entrou e ficou parado na frente do pai.

O filho mais velho leu em voz bem alta: "Andrew Morgan, você é acusado de jogar pedras no tamarineiro do quintal da senhorita Dorothy; é acusado de arrancar três botões com o propósito de comprar bolinhas de gude; é acusado de brigar com Dorothy Morgan; é acusado de roubar dois *tolums* e três biscoitos açucarados. O senhor se diz culpado ou inocente?".

Andrew respondeu: "Culpado".

Morgan, rabiscando uma folha de papel, ergueu os olhos.

"O senhor tem algo a dizer?"

Andrew respondeu: "Eu peço desculpas, senhor".

Morgan disse: "Vamos deixar que as sentenças sejam aplicadas de forma concomitante. Doze socos".

Um por um, os filhos de Morgan foram julgados e sentenciados. Até o mais velho teve de receber algum castigo.

Então Morgan se levantou e disse: "Essas sentenças serão executadas hoje à tarde".

Sorriu para a sala inteira e se retirou.

A piada foi um completo chabu.

Hat falou: "Não, não, ninguém pode fazer piada de sua própria pessoa e de seus próprios filhos desse jeito, e ainda por cima convidar a rua inteira para presenciar. Não, não, isso não está direito".

Tive a sensação de que a piada tinha algo de terrível e assustador.

E quando Morgan saiu para a calçada naquela tarde, o rosto congelado num sorriso, não recebeu nenhuma das gargalhadas que esperava. Ninguém veio correndo para perto dele e lhe deu um tapinha nas costas, dizendo: "Mas esse Morgan é mesmo um doido varrido, sabiam? Já sabem o que anda fazendo para surrar os filhos ultimamente?..." Ninguém falou nada desse tipo. Ninguém falou nada com ele.

Era fácil ver que ficou abalado.

Morgan se embriagou para valer naquela noite e desafiou todo mundo para brigar. Chegou até a querer brigar comigo.

A senhora Morgan trancou o portão da frente com o cadeado e assim Morgan só podia ficar zanzando pelo seu quintal. Estava louco feito um touro enlouquecido, mugia e dava cabeçadas na cerca. Ficava falando e repetindo sem parar: "Vocês aí acham que eu não sou homem, não é? Meu pai teve oito filhos. Eu sou filho dele. Tenho dez filhos. Sou melhor do que todos vocês somados".

Hat falou: "Daqui a pouco vai começar a chorar e depois vai dormir".

Mas naquela noite, antes de ir dormir, passei um bocado de tempo pensando em Morgan, com pena dele por causa do pequeno demônio que ele tinha dentro de si. Pois era esse o problema que eu achava que havia com ele. Imaginei que dentro dele existia um demônio vermelho, de sorriso arreganhado, sempre espetando Morgan com seu tridente.

A senhora Morgan e os filhos foram morar no interior.

Morgan não vinha mais para a calçada, em busca de nossa companhia. Estava ocupado com suas experiências. Havia uma série de pequenas explosões e muita fumaça.

Afora isso, a paz reinava em nossa ponta da Miguel Street.

Eu me perguntava o que Morgan andaria fazendo e pensando em toda aquela solidão.

No domingo seguinte choveu muito e todo mundo foi obrigado a ir para a cama cedo. A rua ficou molhada e reluzente e às onze horas não havia mais nenhum barulho, exceto as batidas da chuva nos telhados de chapas onduladas.

Um estrondo curto, penetrante, irrompeu pela rua e nos tirou da cama.

Pude ouvir as janelas sendo abertas com um empurrão e escutei as pessoas falando: "O que aconteceu? O que aconteceu?".

"É o Morgan. É o Morgan. Tem alguma coisa acontecendo na casa do Morgan."

Eu já estava na rua e na frente da casa de Morgan. Eu nunca dormia de pijama. Eu não pertencia a essa classe.

A primeira coisa que vi na escuridão do quintal de Morgan foi o vulto de uma mulher correndo para longe da casa, rumo ao portão dos fundos, que dava para a vala de esgoto entre a Miguel Street e a Alfonso Street.

Agora estava garoando, não muito forte, e num piscar de olhos já havia uma grande multidão à minha volta.

Era tudo um pouco misterioso — o grito, a mulher que sumiu, a casa escura.

Então ouvimos a senhora Morgan gritando: "Teresa Blake, Teresa Blake, o que você está fazendo com o meu homem?". Foi um grito cheio de dor.

A senhora Bhakcu estava do meu lado. "Eu sempre soube dessa Teresa, mas fiquei de boca fechada."

Bhakcu disse: "Sim, você sabe de tudo, como sua mãe".

Uma luz acendeu dentro da casa.

Em seguida apagou de novo.

Ouvimos a senhora Morgan dizer: "Por que você tem medo da luz? Você não é homem? Acenda essa luz, deixe a gente ver o grande homem que você é".

A luz acendeu; depois apagou de novo.

Ouvimos a voz de Morgan, mas também estava tão baixa que não dava para a gente entender o que dizia.

A senhora Morgan disse: "Sim, herói". E a luz acendeu de novo.

Ouvimos Morgan resmungar outra vez.

A senhora Morgan disse: "Não, herói".

A luz apagou; depois acendeu.

A senhora Morgan falou: "Deixe a luz acesa. Vamos, deixe

que eu mostre o grande herói para o povo aí fora na rua. Vamos, deixe que eu mostre para eles o que é um homem de verdade. Você não é um anti-homem, é um homem de verdade. Você não é só aquele que teve dez filhos comigo, você ainda vai ter mais filhos com outra mulher".

Ouvimos a voz de Morgan, uma coisa infeliz e esganiçada.

A senhora Morgan disse: "Mas do que é que você tem medo agora? Você não é o grande engraçadinho? O palhaço? Vamos, deixe que eles vejam o palhaço e o grande homem que você é. Deixe que eles vejam o que é um homem de verdade".

Nessa altura Morgan estava chorando, ao mesmo tempo que tentava falar.

A senhora Morgan disse: "Se você tentar apagar a luz de novo, vou quebrar ao meio essa sua cara fininha como se fosse este palito de fósforo aqui, está ouvindo?".

Então a porta da frente foi aberta com um empurrão e nós vimos.

A senhora Morgan estava segurando Morgan pela cintura. Ele estava quase nu e era tão fino que mais parecia um menino com cara de velho. Não estava olhando para nós, mas para a cara da senhora Morgan, e se contorcia todo, preso pelas mãos dela, tentando se soltar. Mas a senhora Morgan era uma mulher forte.

A senhora Morgan não olhava para nós, mas para o homem que tinha preso nas mãos.

Ela disse: "Mas então é este o grande homem que eu arranjei, é? Quer dizer que é este o homem com quem casei e de quem fui escrava a vida inteira?". E aí começou a rir de um jeito maldoso e coaxante.

Por um momento olhou para nós e disse: "Muito bem, agora podem rir. Ele não liga. Sempre quis que as pessoas rissem dele".

E a visão era tão cômica, o homem muito fino e tão facilmente preso pela mulher gorda, que de fato nós rimos. Foi o tipo de riso que começa de leve e depois vai aumentando até virar uma longa gargalhada de sacudir a barriga.

Pela primeira vez desde que veio morar na Miguel Street, Morgan era realmente o objeto das risadas das pessoas.

E aquilo o abateu por completo.

Durante o dia seguinte inteiro, ficamos esperando que ele saísse para a calçada, a fim de felicitá-lo com nossa risada. Mas não o vimos.

Hat falou: "Quando eu era pequeno, minha mãe me dizia: 'Menino, você fica o dia inteiro rindo. Aposto que de noite vai chorar'".

Naquela noite meu sono foi perturbado outra vez. Por gritos e sirenes.

Olhei pela janela e vi o céu vermelho e fumaça vermelha.

A casa de Morgan estava em chamas.

E que incêndio! Fotógrafos dos jornais estavam trepando nas casas em volta para tirar fotos e as pessoas ficavam olhando para eles em vez de olhar para o incêndio. Na manhã seguinte tinha uma excelente fotografia, na qual eu aparecia no meio da multidão, no canto superior direito da capa do jornal.

Mas aquilo sim é que foi um incêndio! Foi o incêndio mais bonito de Port of Spain desde 1933, quando o prédio do Tesouro (logo ele, entre tantos prédios) foi destruído pelas chamas e os cantores de calipso cantaram:

Foi um espetáculo lindo e glorioso
O grande incêndio do Tesouro

O que tornou o incêndio uma coisa realmente bela foram os fogos de artifício de Morgan, que dispararam. Pela primeira vez, então, todo mundo viu o esplendor de seus fogos de artifício. Pessoas que costumavam zombar de Morgan sentiram-se um pouco tolas. De lá para cá, viajei por muitos países, mas nunca vi nada que superasse o espetáculo dos fogos de artifício da casa de Morgan naquela noite.

Mas Morgan nunca mais fez fogos de artifício.

Hat disse: "Quando eu era menino, minha mãe dizia: Se um homem quer uma coisa, e quer com muita vontade mesmo, ele acaba conseguindo, só que quando consegue não gosta mais".

As duas ambições de Morgan foram realizadas. As pessoas riram dele, e ainda riem. E ele fez os fogos de artifício mais bonitos do mundo. Porém, como disse Hat, quando um homem consegue aquilo que quer com toda sua vontade, não gosta mais daquilo.

Como já esperávamos, a questão acabou na justiça. Morgan foi acusado de incêndio criminoso. O pessoal do jornal se divertiu um bocado com Morgan, dentro dos limites da lei de difamação. Lembro-me de uma manchete: PIROTÉCNICO SE DIZ PIROMANÍACO.

Mas fiquei contente quando Morgan foi solto.

Disseram que Morgan foi para a Venezuela. Disseram que o homem estava louco. Disseram que virou jóquei na Colômbia. Disseram uma porção de coisas, mas as pessoas na Miguel Street sempre foram fantasiosas.

9. Titus Hoyt, bacharel em artes

Aquele homem nasceu para ser um importante e atuante membro da administração de uma estrada rural. O destino cruel levou-o a morar na cidade. Ele era um guia natural, um filósofo e um amigo de qualquer pessoa que parasse para ouvi-lo.

Titus Hoyt foi o primeiro homem que conheci quando cheguei em Port of Spain, um ou dois anos antes da guerra.

Minha mãe me trouxe de Chaguanas depois que meu pai morreu. Viajamos de trem e pegamos um ônibus para a Miguel Street. Foi a primeira vez que viajei num ônibus urbano.

Falei para minha mãe: "Mãe, olhe só, esqueceram de tocar a campainha aqui".

Minha mãe disse: "Se você tocar a droga da campainha vai ter de descer aqui mesmo e ir andando sozinho até em casa, está ouvindo?".

E um pouco depois falei: "Mãe, olhe lá, o mar".

As pessoas no ônibus começaram a rir.

Minha mãe ficou uma fera comigo.

De manhã cedo no dia seguinte minha mãe falou: "Escute

com atenção, vou lhe dar quatro centavos. Vá até o mercado na esquina desta rua, a Miguel Street, e compre dois pães de lúpulo por um centavo cada um, e compre um centavo de manteiga. Depois volte bem depressa para cá".

Achei o mercado, comprei o pão e a manteiga — um tipo de manteiga vermelha e salgada.

Depois não consegui encontrar o caminho de volta.

Achei umas seis Miguel Streets, mas nenhuma delas parecia ter a minha casa. Depois de ficar andando um bocado de tempo para cima e para baixo, comecei a chorar. Sentei na calçada e molhei meus sapatos na sarjeta.

Umas garotinhas brancas estavam brincando num quintal atrás de mim. Olhei para elas, ainda chorando. Uma garota com um vestido cor-de-rosa chegou perto e me disse: "Por que está chorando?".

Respondi: "Eu me perdi".

Ela colocou as mãos no meu ombro e disse: "Não chore. Você sabe onde mora?".

Peguei um pedaço de papel que estava no bolso de minha camisa e mostrei para ela. Então apareceu um homem. Estava de calção branco e camisa branca e parecia engraçado.

O homem perguntou de um jeito rude, mas interessado: "Por que ele está chorando?".

A garota explicou.

O homem disse: "Vou levar o menino até a casa dele".

Pedi que a garota viesse também.

O homem disse: "Sim, é melhor vir também para explicar à mãe dele".

A garota respondeu: "Está certo, senhor Titus Hoyt".

Aquilo foi uma das primeiras coisas que achei interessante em Titus Hoyt. A garota chamá-lo de "senhor Titus Hoyt". Não Titus, nem senhor Hoyt, mas senhor Titus Hoyt. Mais tarde me dei conta de que todo mundo que o conhecia o chamava daquele jeito.

Quando chegamos em casa, a garota explicou para minha mãe o que tinha acontecido e minha mãe sentiu vergonha de mim.

Então a garota foi embora.

O senhor Titus Hoyt olhou bem para mim e disse: "Ele parece um menino bem inteligente".

Minha mãe respondeu de maneira sarcástica: "Que nem o pai dele".

Titus Hoyt disse: "Muito bem, meu rapaz, me diga uma coisa: se um arenque e meio custa um centavo e meio, quanto custam três arenques?".

Mesmo no interior, em Chaguanas, já sabíamos fazer aquela conta.

Sem esperar, respondi logo: "Três centavos".

Titus Hoyt olhou para mim com espanto.

Disse para minha mãe: "Esse menino é inteligentíssimo, madame. A senhora deve cuidar bem dele, mandá-lo para uma boa escola e alimentá-lo muito bem para que possa estudar bastante".

Minha mãe não falou nada.

Quando Titus Hoyt saiu, ele me disse: "Saudações!".

Aquilo foi a segunda coisa interessante que vi nele.

Minha mãe me deu uma surra por ter molhado meus sapatos na sarjeta, mas disse que não ia me bater por eu ter me perdido na rua.

Durante o resto do dia fiquei correndo pelo quintal e repetindo: "Saudações! Saudações!", com uma melodia que eu mesmo fiz na hora.

Naquela noite, Titus Hoyt veio de novo.

Minha mãe pareceu não se importar.

Para mim, Titus Hoyt disse: "Você sabe ler?".

Respondi que sim.

"E escrever?"

Respondi que sim.

"Muito bem, então escute aqui", disse ele, "pegue um papel e um lápis e escreva o que vou dizer para você."

Perguntei: "Papel e lápis?".

Ele fez que sim com a cabeça.

Corri até a cozinha e disse: "Mãe, tem papel e lápis aí?".

Minha mãe disse: "O que você pensa que eu sou? A dona de uma loja?".

Titus Hoyt gritou: "É para mim, madame".

Minha mãe disse: "Ah", num tom desanimado.

Explicou: "Na gaveta de baixo da cômoda você vai achar minha bolsa. Dentro dela tem um lápis".

E ela me deu um caderno que estava numa prateleira da cozinha.

O senhor Titus Hoyt falou: "Agora, meu rapaz, escreva. Escreva o endereço desta casa no canto superior direito e, embaixo, escreva a data de hoje". Em seguida perguntou: "Você sabe para quem estamos escrevendo esta carta, meu rapaz?".

Balancei a cabeça.

Ele disse: "Ah, meu rapaz! Ah! Estamos escrevendo a carta para o *Guardian*, meu rapaz".

Perguntei. "O *Trinidad Guardian*? O jornal? O quê? *Eu*, escrevendo para o *Guardian*! Mas só adultos escrevem para o *Guardian*".

Titus Hoyt sorriu. "É *por isso mesmo* que você está escrevendo. Vai deixar todos eles surpresos."

Falei: "E sobre o que é que vou escrever?".

Ele disse: "Você vai escrever o seguinte. Escreva assim. Para o editor, *Trinidad Guardian*. Prezado senhor, sou uma criança de oito anos (quantos anos você tem? Bem, isso não tem importância) e ontem minha mãe me mandou fazer compras na cidade. Essa, senhor editor, foi minha primeira peregrinação (p-e-r-e-g-r-i--n-a-ç-ã-o) nesta metrópole e tive a infelicidade de me perder do caminho que minha mãe tinha indicado...".

Falei: "Puxa vida, senhor Titus Hoyt, onde foi que o senhor aprendeu todas essas palavras bonitas? Tem certeza de que está soletrando essas palavras direito?".

Titus Hoyt sorriu: "Passei a tarde inteira compondo esta carta", disse ele.

Escrevi: "... e nesse estado de desespero fui salvo pelo senhor Titus Hoyt, da Miguel Street. Esta carta é só para mostrar, prezado senhor editor, que a bondade humana é uma virtude que ainda não se extinguiu neste mundo".

O *Guardian* nunca publicou a carta.

Quando voltei a encontrar o senhor Titus Hoyt, ele disse: "Bem, não tem importância. Um dia, meu rapaz, um dia, vou conseguir que eles parem na minha frente e anotem todas as palavras que eu disser. Espere só para ver".

E antes de ir embora, falou: "Tem tomado seu leite?".

Ele havia persuadido minha mãe a me dar um copo de leite todo dia. Leite era bom para o cérebro.

Uma das tristezas de minha vida foi nunca ter concretizado as esperanças do senhor Titus Hoyt no meu sucesso acadêmico.

Ainda recordo com ternura o interesse que ele tinha por mim. Às vezes suas opiniões se chocavam com as de minha mãe. Houve a questão das teias de aranha, por exemplo.

Boyee, de quem logo fiquei amigo, estava me ensinando a andar a cavalo. Eu caí e fiz um corte muito feio na canela.

Minha mãe estava tentando me curar aplicando teias de aranha misturadas com fuligem e encharcadas de rum.

Titus Hoyt ficou horrorizado. "A senhora não sabe o que está fazendo", gritou.

Minha mãe disse: "Senhor Titus Hoyt, peço ao senhor com toda a educação que vá cuidar de sua vida. O dia em que o senhor tiver um filho seu, aí vou dar atenção ao que o senhor fala".

Titus Hoyt não admitiu ser ridicularizado. Falou: "Leve o menino ao médico, madame".

Fiquei olhando a discussão entre os dois, sem dar muita importância nem a um lado nem ao outro.

No final, acabei indo ao médico.

Titus Hoyt ressurgiu num novo papel.

Falou para minha mãe: "Nos últimos dois ou três meses, tive aulas de primeiros socorros na Cruz Vermelha. Vou fazer o curativo no pé do garoto para a senhora".

Aquilo me deixou aterrorizado.

Durante um mês mais ou menos, depois disso, as pessoas na Miguel Street sempre sabiam quando eram nove horas da manhã. Por causa dos meus gritos. Titus Hoyt adorava seu trabalho.

Tudo isso dá uma ideia da verdadeira natureza do homem.

O passo seguinte veio de forma natural.

Titus Hoyt começou a dar aulas.

Aquilo começou de um jeito modesto, à maneira de todos os grandes empreendimentos.

Ele resolveu fazer o concurso para obter o diploma de artes na Universidade de Londres. Começou a estudar latim, ensinando a si mesmo, e assim que aprendia alguma coisa logo nos ensinava também.

Colocava três ou quatro de nós à sua volta e nos dava aula na varanda de sua casa. Ele criava galinhas em seu quintal e o lugar fedia.

A fase do latim não durou muito. Chegamos até a quarta

declinação e então Boyee, Errol e eu mesmo começamos a fazer perguntas. Não eram perguntas do tipo que Titus Hoyt gostava.

Boyee disse: "Senhor Titus Hoyt, acho que o senhor está inventando tudo isso, sabe? Está inventando na hora em que fala com a gente".

Titus Hoyt respondeu: "Mas estou dizendo para vocês, não estou inventando nada. Olhem só, vejam aqui escrito, preto no branco".

Errol disse: "Senhor Titus Hoyt, tenho a sensação de que um dia um homem sentou e inventou tudo isso e pôs todo mundo para aprender".

Titus Hoyt me perguntou: "Qual é o acusativo singular de *bellum*?".

Sentindo-me malvado, porque o estava traindo, respondi para Titus Hoyt: "Senhor Titus Hoyt, quando tinha a minha idade, como é que o senhor ia se sentir se alguém fizesse essa pergunta ao senhor?".

E então Boyee perguntou: "Senhor Titus Hoyt, qual é o sentido do caso ablativo?".

E assim as aulas de latim terminaram.

Todavia, por mais que ríssemos dele, não podíamos negar que Titus Hoyt era um homem profundo.

Hat costumava dizer: "É um pensador, esse homem".

Titus Hoyt pensava sobre todo tipo de assunto e às vezes pensava sobre coisas perigosas.

Hat disse: "Não acho que Titus Hoyt goste de Deus, sabia?".

Titus Hoyt dizia: "Aquilo que de fato importa é a fé. Escutem, eu creio que se eu tirar essa lanterna de bicicleta aqui do meu bolso e colocar em algum lugar, e se eu acreditar nela de verdade e rezar para ela, aquilo por que eu estou rezando vai acabar acontecendo. É nisso que eu acredito".

E, tendo dito isso, se levantava e ia embora, sem se esquecer de dizer: "Saudações!".

Tinha o hábito de vir correndo para perto de nós e dizer: "Silêncio, todo mundo. Eu andei pensando. Agora escutem só no que foi que andei pensando".

Certo dia ele veio até nós e disse: "Andei pensando em como essa guerra podia terminar. Se a Europa simplesmente afundasse por cinco minutos, todos os alemães se afogariam...".

Eddoes falou: "Mas aí a Inglaterra também ia se afogar".

Titus Hoyt concordou e ficou meio triste. "Perdi a cabeça, gente", disse ele. "Perdi a cabeça."

E foi embora andando devagar, murmurando sozinho e balançando a cabeça.

Um dia ele veio de bicicleta para perto de nós quando estávamos conversando sobre a partida de críquete entre Barbados e Trinidad. As coisas não estavam correndo bem para o time de Trinidad e nós estávamos preocupados.

Titus Hoyt interveio e disse: "Silêncio. Eu estava pensando agora mesmo. Olhem só, garotos, nunca passou pela cabeça de vocês a ideia de que o mundo não é real? Nunca passou pela cabeça de vocês que nós possuímos a única mente que existe no mundo e que tudo o mais são coisas que nós estamos pensando e mais nada? Como eu aqui, que tenho a única mente no mundo, e penso em vocês aí, que pensam na guerra, em todas as casas, nos navios e em todo mundo que está na enseada. Isso nunca passou pela cabeça de vocês?".

Seu interesse por lecionar não esmoreceu.

Muitas vezes o víamos passar com seus livrões. Eram livros sobre educação.

Titus Hoyt dizia: "É uma ciência, gente. O problema com Trinidad é que os professores não têm a ciência da educação".

E acrescentava: "É a coisa maior do mundo, gente. Ter que educar a mente dos jovens. Pensem nisso. Pensem só nisso".

Logo ficou claro que, apesar de nossa opinião sobre o assunto, Titus Hoyt tinha a firme intenção de educar nossa mente.

Fundou o Clube Literário e Social da Juventude da Miguel Street e filiou-o à Associação da Juventude de Trinidad e Tobago.

A gente costumava se reunir na casa dele, que era bem abastecida de coisas para comer e beber. Agora as paredes da casa tinham citações edificantes penduradas, algumas datilografadas, outras cortadas de revistas e coladas em pedaços de cartolina.

Também notei uma coisa grande, chamada "Quadro de horários".

Por aquele quadro pude deduzir que Titus Hoyt acordava às cinco e meia, lia alguma coisa dos filósofos gregos até as seis horas, passava quinze minutos tomando banho e fazendo exercícios, mais cinco minutos lendo o jornal da manhã e dez minutos no café da manhã. No todo, era uma coisa formidável.

Titus Hoyt dizia: "Se eu obedecer ao quadro de horários, serei um homem instruído dentro de três ou quatro anos".

O Clube da Miguel Street não durou muito tempo.

O culpado foi o próprio Titus Hoyt.

Nenhum homem com o mínimo de juízo teria nomeado Boyee para o posto de secretário. A maior parte das atas de Boyee consistia nos nomes dos presentes.

E além do mais todos tínhamos de escrever e ler alguma coisa.

O Clube Literário e Social da Miguel Street tornou-se nada mais do que uma reunião de críticos de cinema.

Titus Hoyt disse: "Não, meninos. Vocês não podem ficar assim, falando sobre filmes o tempo todo. Vou ter de arranjar alguma propaganda para vocês".

Boyee perguntou: "Senhor Titus Hoyt, para que a gente precisa de propaganda? Isso é coisa de alemães".

Titus Hoyt sorriu. "O sentido próprio da palavra não é esse, meu rapaz. Estou usando a palavra em seu sentido estrito. É a educação, meu rapaz, que me leva a saber coisas como essa."

Boyee foi enviado como nosso delegado para a conferência anual da Associação da Juventude.

Quando voltamos a nos reunir, Boyee disse: "Essa tal de conferência é um negócio de doido. Não passa de um bando de velhos, gente muito velha mesmo, só tinha isso lá".

A sedução da Coca-Cola, dos biscoitos e do sorvete começou a diminuir. Alguns de nós passaram a se manter afastados das reuniões.

Titus Hoyt fez um último esforço para manter o clube unido.

Um dia ele disse: "No domingo que vem o clube vai fazer uma visita ao Forte George".

Houve gritos de protesto.

Titus Hoyt disse: "Vejam, vocês não ligam para seu próprio país. Quantos de vocês sabem algo a respeito do Forte George? Nenhum de vocês conhece o lugar. Mas faz parte da história, gente, da história de vocês, e vocês têm de aprender essas coisas. Têm de lembrar que os meninos e as meninas de hoje são os homens e as mulheres de amanhã, os antigos romanos tinham um ditado, sabiam? *Mens sana in corpore sano*. Acho que vamos dar um passeio até o Forte George".

Mesmo assim, ninguém queria ir.

Titus Hoyt falou: "No alto do Forte George tem um riacho, a água é fresquinha mesmo e toda cristalina. Vocês podem tomar banho lá, quando a gente chegar ao topo".

Não conseguimos resistir àquilo.

No domingo seguinte, um grupo grande de nós pegou o ônibus elétrico para Mucurapo.

Quando o cobrador veio cobrar as passagens, Titus Hoyt disse: "Volte daqui a pouco". E só pagou ao cobrador quando descemos do ônibus. A passagem de todos nós valia uns dois *shillings*. Mas Titus Hoyt deu ao cobrador um *shilling*, e disse: "Não queremos nenhum bilhete, meu amigo!". O cobrador e Titus Hoyt riram.

Foi uma longa caminhada até o topo do morro, tudo vermelho, poeirento e quente.

Titus Hoyt nos disse: "Este Forte foi construído numa época em que os franceses planejavam invadir Trinidad".

Demos um suspiro de espanto.

Nunca tínhamos imaginado que alguém nos achasse tão importantes.

Titus Hoyt disse: "Isso foi em 1803, quando estávamos lutando contra Napoleão".

Vimos alguns canhões velhos e enferrujados na beira da trilha e montes de balas de canhão enferrujadas.

Perguntei: "E os franceses invadiram Trinidad, senhor Titus Hoyt?".

Titus Hoyt balançou a cabeça com ar desapontado. "Não, eles não atacaram. Mas nós estávamos prontos. Prontos para enfrentá-los."

Boyee disse: "O senhor tem certeza de que lá em cima tem mesmo esse riacho de que falou para a gente, senhor Titus Hoyt?".

Titus Hoyt respondeu: "O que você acha que eu sou? Um mentiroso?".

Boyee disse: "Não estou dizendo nada".

Andamos e suamos. Boyee tirou os sapatos.

Errol disse: "Se não tiver esse riacho lá em cima, alguém aqui vai pagar caro".

Chegamos ao topo, demos uma olhada rápida no cemitério onde havia algumas sepulturas de soldados ingleses mortos fazia muito tempo; e olhamos através de um telescópio para a cidade de Port of Spain, que se alastrava abaixo de nós, bem grande. Vimos as pessoas andando pelas ruas, grandes, em tamanho natural.

Depois fomos procurar o riacho.

Não conseguimos encontrar.

Titus Hoyt disse: "Tem de estar em algum lugar. Quando eu era menino tomava banho nele".

Boyee falou: "E o que foi que aconteceu agora? Ele secou?".

Titus Hoyt respondeu: "É o que parece".

Boyee ficou louco de raiva, e não era de admirar. Deu um trabalho danado subir ao topo daquele morro e estávamos sedentos e com calor.

Ele xingou Titus Hoyt de um jeito muito bruto.

Titus Hoyt disse: "Lembre, Boyee, você é o secretário do Clube Literário e Social da Miguel Street. Lembre-se de que você acabou de comparecer a uma reunião da Associação da Juventude como nosso delegado. Lembre-se dessas coisas".

Boyee retrucou: "Vá para o inferno, Hoyt".

Ficamos chocados.

E assim o Clube Literário se desfez.

Não passou muito tempo e Titus Hoyt conseguiu seu diploma em artes e montou sua própria escola. Colocou um grande letreiro em seu jardim:

Titus Hoyt, bacharel em artes (Londres, externo)
Aprovação em Cambridge
Diploma garantido

Certa vez, o *Guardian* teve uma ideia genial. Começaram a levantar um Fundo para as Pessoas Carentes a fim de ajudar as pessoas carentes no Natal. Tornou-se uma coisa muito popular e, após alguns anos, passou a se chamar Fundo das Pessoas Muito Carentes. No começo de novembro o *Guardian* anunciava qual era a meta de arrecadação do fundo e havia uma empolgação diária até o dia de Natal, para acompanhar o crescimento do fundo. Estava sempre na primeira página do jornal e todo mundo que fazia doações tinha seu nome publicado ali.

No meio de dezembro, certo ano, quando a empolgação estava no auge, Miguel Street virou notícia.

Hat nos mostrou o jornal e lemos:

SIGAM O EXEMPLO DESSE PEQUENINO!

A resposta menor e mais comovente ao nosso apelo de levar a alegria natalina aos desafortunados chegou na forma de uma carta do senhor Titus Hoyt, bacharel em artes, diretor de uma escola na Miguel Street, em Port of Spain. A carta foi enviada para o senhor Hoyt por um de seus alunos que deseja permanecer anônimo. Temos a autorização do senhor Hoyt para reproduzir a carta na íntegra.

"Caro senhor Hoyt, tenho só oito anos e, como o senhor sem dúvida nenhuma já sabe, sou membro da Liga dos Pequeninos do *Guardian*. Leio Tia Juanita todo domingo. Caro senhor Hoyt, o senhor sempre exaltou a virtude da caridade e falou repetidas vezes sobre o belo serviço que o Fundo das Pessoas Muito Carentes do *Guardian* presta para levar a alegria natalina para os desafortunados. Resolvi atender às suas sinceras solicitações. Tenho muito pouco dinheiro para oferecer — apenas seis centavos, na verdade, mas aceite esse dinheiro, senhor Hoyt, e mande para o Fundo das Pessoas Muito Carentes do *Guardian*. Espero que isso ajude a levar a alegria natalina a algum pobre desafortunado! Sei que não é grande coisa. Mas, a exemplo da viúva, estou fazendo minha doação. Atenciosamente, senhor Hoyt, Um de Seus Discípulos."

E havia uma grande fotografia de Titus Hoyt, sorrindo de olhos arregalados para o flash da câmera.

10. O instinto maternal

Suponho que Laura tenha conseguido alcançar um recorde mundial.

Laura teve oito filhos.

Não há nada de surpreendente nisso.

Os oito filhos tinham sete pais.

Duvido que alguém já tenha visto alguma coisa assim!

Foi Laura quem deu minha primeira aula de biologia. Morava na casa vizinha à nossa, e eu a observava com atençao.

Via sua barriga crescendo durante meses.

Depois notava sua falta por um breve tempo.

E quando a via de novo, estava sem barriga nenhuma.

E o processo de fermentação recomeçava outra vez, dali a alguns meses.

Para mim aquilo era uma das maravilhas do mundo onde eu vivia, e sempre observava Laura. Ela mesma se mostrava bastante alegre com o que estava acontecendo. Costumava apontar para a barriga e dizer: "Esta coisa está acontecendo de novo, mas a gente acaba se acostumando depois das três ou quatro primeiras vezes. Mesmo assim, é um absurdo esse negócio".

Costumava pôr a culpa em Deus e falava da fraqueza dos homens.

Para seus seis primeiros filhos, ela experimentou seis homens diferentes.

Hat dizia: "Tem gente que é difícil de agradar".

Mas não quero dar a impressão de que Laura passava o tempo todo tendo filhos, espinafrando os homens e tendo pena de si mesma. Se Bogart era a pessoa mais entediada na rua, Laura era a mais animada. Estava sempre alegre e gostava de mim.

Ela me dava ameixas e mangas quando tinha; e, sempre que fazia biscoitos açucarados, me dava alguns.

Até minha mãe, que não gostava nem um pouco de risos, sobretudo em mim, até minha mãe ria de Laura.

Muitas vezes me dizia: "Não sei por que a Laura fica paparicando tanto você. Até parece que já não tem filhos demais para criar".

Acho que minha mãe tinha razão. Mas não acho que uma mulher como Laura conseguisse um dia ter filhos em excesso. Ela amava todos os filhos, embora a gente pudesse não acreditar nisso, a julgar pela linguagem que usava quando falava com eles. Alguns gritos e xingamentos de Laura foram as coisas mais saborosas que ouvi na vida e nunca vou esquecer suas palavras.

Uma vez, Hat falou: "Puxa, ela é um verdadeiro Shakespeare quando se trata de usar as palavras".

Laura costumava gritar: "Alwyn, seu bugre de boca grande, venha já aqui".

E: "Gavin, se não vier aqui neste minuto vou fazer você peidar fogo, está ouvindo?".

E: "Lorna, sua piranha preta de perna torta, por que não presta atenção no que está fazendo?".

* * *

Agora, comparar Laura, mãe de oito filhos, com Mary, a chinesa, também mãe de oito filhos, não parece uma coisa justa. Porque Mary cuidava de fato de seus filhos e nunca falava com eles de maneira rude. Mas Mary, vejam bem, tinha um marido que era dono de uma loja e Mary podia se dar ao luxo de ser educada e gentil com os filhos, depois de encher a barriga deles com *chop-suey*, *chow-min* e *chow-fan*, e coisas com nomes assim. Mas a quem Laura podia apelar para obter dinheiro para cuidar de seus filhos?

Os homens que passavam de bicicleta, devagarzinho, pela casa de Laura, de noite, assoviando para Laura, não iam dar nem um centavo do seu dinheiro para os filhos de Laura. Eles só queriam Laura.

Perguntei para minha mãe: "Como é que a Laura vive?".

Minha mãe me deu um tapa e disse: "Olhe aqui, você está querendo ir depressa demais para um menino tão pequeno".

Eu desconfiava do pior.

Mas eu não gostaria que aquilo fosse verdade.

Então perguntei ao Hat. Hat me disse: "Ela tem uma porção de amigos que vendem seus produtos no mercado. Eles dão coisas de graça para ela e às vezes um, dois ou três dos maridos dela também lhe dão alguma coisinha, mas não é muito".

A parte mais estranha da história toda era a própria Laura. Ela não era nenhuma beldade. Como disse Boyee, um dia: "Ela tem uma cara que parece uma tampa de bateria de automóvel". E era um pouco mais do que rechonchuda.

Mas agora estou falando da época em que Laura tinha só seis filhos.

Um dia, Hat disse: "Laura está com um homem novo".

Todo mundo riu: "Grande novidade. Se Laura pudesse fazer as coisas do seu jeito, ia experimentar uma vez com cada homem que existe".

Mas Hat explicou: "Não, é sério. Ele veio agora morar com ela para sempre. Vi o sujeito hoje de manhã, quando eu estava levando as vacas para fora".

Ficamos atentos, à espera da chance de poder ver aquele homem.

Depois a gente soube que ele é que estava atento e à nossa espera.

Em muito pouco tempo, esse homem, Nathaniel, tornou-se um dos membros da turma da Miguel Street. Mas estava bem claro que na verdade ele não era um de nós. Vinha da zona leste de Port of Spain, que nós considerávamos uma parte mais suja; e seu linguajar era de fato grosseiro.

Nathaniel gostava de dizer que era uma espécie de terror na zona leste, na região da Piccadilly Street. Contava muitas histórias sobre brigas de gangues e deu a entender que tinha desfigurado duas ou três pessoas.

Hat falou: "Acho que esse cara mente feito o diabo, sabiam?".

Eu mesmo desconfiava dele. Era um homem baixo e sempre tive a impressão de que homens baixos tinham mais probabilidade de serem violentos e cruéis.

Mas o que deixava a gente chateado de verdade era o jeito como ele tratava as mulheres. Estávamos muito longe de ser cavalheiros, é bom que se diga, mas Nathaniel tinha pelas mulheres um desprezo de que a gente não podia gostar. Fazia comentários grosseiros quando as mulheres passavam.

Nathaniel dizia: "Mulher é que nem vaca. Vaca e mulher é tudo a mesma coisa".

E quando a senhorita Ricaud, a mulher da Assistência Social, passava, Nathaniel dizia: "Olhem só para essa vacona".

Isso era uma coisa de mau gosto, porque todos nós achávamos que a senhorita Ricaud era gorda demais para ser objeto de gozação e, em vez disso, deveria ser objeto de pena.

Nathaniel, nos estágios iniciais, tentou nos fazer acreditar que sabia como pôr Laura em seu lugar. Deu a entender que batia nela. Dizia: "As mulheres gostam de levar uma boa dose de bordoadas, sabiam? Vocês já ouviram o calipso:

De vez em quando senta a mão nela
De vez em quando bate até ela cair
Deixe o olho dela roxo e seu joelho esfolado
Que ela vai amar você eternamente.

Isso é uma verdade sagrada sobre a mulher".

Hat disse: "Na verdade mulher é mesmo uma coisa bem engraçada. Não sei o que uma mulher que nem a Laura pode ver em Nathaniel".

Eddoes disse: "Pois eu sei muita coisa sobre mulheres. Acho que Nathaniel mente feito o diabo. Acho que quando ele está com a Laura fica o tempo todo com o rabinho entre as pernas".

Era comum a gente ouvir o barulho de brigas e ouvir também os gritos dos filhos de Laura por todo lado, e quando a gente via o Nathaniel, ele apenas dizia: "Eu estava só dando uma boa surra para ver se entra algum juízo na cabeça daquela mulher".

Hat disse: "Tem uma coisa gozada. Laura não parece ter ficado nem um pouco triste".

Nathaniel respondeu: "Para ficar feliz, o que ela quer na verdade é levar umas bordoadas e mais nada".

Nathaniel estava mentindo, é claro. Não era ele que estava

dando bordoadas, era Laura. Isso veio a público no dia em que Nathaniel tentou usar um chapéu para cobrir seu olho roxo.

Eddoes disse: "Parece que aquele calipso devia falar dos homens, e não das mulheres".

Nathaniel tentou partir para cima de Eddoes, que era pequeno e magro. Mas Hat falou: "Vá tentar fazer isso com a Laura. Eu conheço a Laura. Ela está se esforçando para não bater muito forte em você só para que você continue morando com ela, mas no dia em que ela ficar realmente de saco cheio da sua cara, é melhor você cair fora rapidinho".

Rezávamos para que acontecesse alguma coisa que fizesse Nathaniel ir embora da Miguel Street.

Hat disse: "A gente não vai ter de esperar muito tempo. Laura está grávida de oito meses. Mais um mês e o Nathaniel vai embora daqui".

Eddoes falou: "Isso ia ser um verdadeiro recorde mundial. Sete filhos com sete homens diferentes".

E veio o bebê.

Foi num sábado. Na noite anterior, eu tinha visto Laura parada no quintal, encostada na cerca.

O bebê nasceu às oito horas da manhã. E, como um milagre, apenas duas horas depois, Laura já estava chamando minha mãe.

Eu me escondi e espiei.

Laura estava encostada na esquadria de sua janela. Estava comendo uma manga e o suco amarelo lambuzava sua cara toda.

Ela disse para minha mãe: "O bebê chegou agora de manhã".

E minha mãe só perguntou: "Menino ou menina?".

Laura respondeu: "Você nem imagina como tenho pé-frio. Parece que tenho mesmo uma praga, sei lá. É mais uma menina. Eu queria que você soubesse logo, só isso. Bom, agora tenho de ir. Tenho umas coisas para costurar".

E naquela mesma noite tivemos a impressão de que aquilo que Hat havia previsto iria mesmo acontecer. Pois naquela noite Laura saiu para a calçada e gritou para Nathaniel: "Ei, Nathaniel, vem cá".

Hat falou: "Mas que diabo está acontecendo? Ela teve um filho ainda hoje de manhã, não foi?".

Nathaniel tentou se mostrar para a gente. Falou para Laura: "Estou ocupado, agora. Não vou não".

Laura avançou e pelo seu jeito pude ver que estava a fim de briga. Falou: "Ah, não vem, não, é? Não vem, é? Será que ouvi direito?".

Nathaniel ficou preocupado. Tentou falar com a gente, mas estava falando de um jeito pouco razoável.

Laura disse: "Você acha que é homem. Mas não tente bancar o homem comigo não, está ouvindo? Pois é, Nathaniel, é com você mesmo que estou falando, você com essa sua bunda que mais parece dois pães bolorentos enfiados dentro da calça".

Aquela foi uma das grandes tiradas de Laura e todos nós desatamos a rir. Quando nos viu rindo, Laura também soltou uma gargalhada.

Hat falou: "Essa mulher é mesmo fora de série".

Mas, mesmo depois do nascimento de seu bebê, Nathaniel não foi embora da Miguel Street. A gente ficou um pouco preocupado.

Hat disse: "Se ela não tomar cuidado vai acabar tendo outro filho com o mesmo homem, escutem o que estou dizendo".

Mas não era por culpa de Laura que Nathaniel não ia embora. Ela espancava o homem para valer e agora fazia isso descaradamente. Às vezes trancava a porta e não deixava Nathaniel entrar em casa e então a gente o ouvia gemendo e chorando na calçada: "Laura, querida, Laura, *doux-doux*, me deixe entrar esta noite. Laura, *doux-doux*, me deixe entrar, vamos".

Agora ele tinha desistido completamente de fingir que punha Laura em seu lugar. Nathaniel não procurava mais nossa companhia e estávamos contentes com aquilo.

Hat costumava dizer: "Não sei por que ele não volta de uma vez para Rio Seco, lá de onde veio. Naquelas bandas ninguém tem cultura e ele ia se sentir mais feliz".

Eu não conseguia entender por que ele continuava ali.

Hat disse: "Existem homens assim. Gostam de mulheres que os maltratam".

E Laura ficava cada vez mais irritada com Nathaniel.

Um dia ouvimos Laura dizer para ele: "Você acha que, só porque me deu um filho, é dono de mim, é? Pois esse filho só nasceu por acidente, está ouvindo?".

Ela ameaçou ir à polícia.

Nathaniel disse: "Mas quem é que vai cuidar dos seus filhos?".

Laura respondeu: "Isso é problema meu. Não quero saber de você na minha casa. Você é só mais uma boca para alimentar. E se não for embora agora mesmo, vou chamar o sargento Charles para cuidar de você".

Foi essa ameaça de chamar a polícia que fez Nathaniel ir embora.

Ele ficou chorando.

Mas Laura já estava inchando de novo.

Hat disse: "Ah, meu Deus! Dois filhos do mesmo homem!".

Um dos milagres da vida na Miguel Street era que ninguém passava fome. Se a gente sentar diante de uma mesa com lápis e papel e tentar entender como isso acontecia, vai achar impossível. Mas morei na Miguel Street e posso garantir a vocês que ninguém passava fome. Talvez tivessem fome, mas não se ouvia ninguém falar disso.

Os filhos de Laura cresceram.

A filha mais velha, Lorna, começou a trabalhar de empregada doméstica numa casa em St Clair e tinha aula de datilografia com um homem na Sackville Street.

Laura dizia: “Não tem coisa melhor do que educação neste mundo. Não quero que meus filhos fiquem que nem eu”.

No devido tempo, Laura deu à luz seu oitavo filho, com bem pouco esforço como de costume.

Aquele foi seu último filho.

Não é que Laura estivesse cansada, ou que tivesse perdido seu amor pela humanidade, ou que tivesse perdido seu amor por fazer a humanidade aumentar. Na realidade, Laura nunca parecia ficar mais velha nem menos alegre. Sempre senti que, se tivesse a possibilidade, ela poderia continuar a ter filhos sem parar.

A filha mais velha, Lorna, chegou em casa vindo da aula de datilografia já tarde da noite e disse: “Mãe, vou ter um filho”.

Ouvi o grito que Laura deu.

E pela primeira vez ouvi Laura chorar. Não era um choro comum. Parecia que estava chorando todo o choro que tinha guardado desde o dia em que nasceu, todo o choro que havia tentado encobrir com seus risos. Eu tinha ouvido pessoas chorarem em velórios, mas há muito exagero para impressionar os outros no choro delas. O choro de Laura naquela noite era a coisa mais terrível que eu tinha ouvido. Dava a sensação de que o mundo era um lugar estúpido, triste, e quase comecei a chorar junto com ela.

A rua inteira ouviu Laura chorar.

No dia seguinte, Boyee disse: "Não entendo por que a Laura ficou tão zangada por causa disso. Afinal, ela faz a mesma coisa".

Hat ficou tão revoltado que tirou seu cinto de couro e bateu em Boyee.

Eu não sei de quem eu tinha mais pena: de Laura ou de sua filha.

Eu tinha a impressão de que agora Laura estava com vergonha de aparecer na rua. Quando eu a vi, achei até difícil acreditar que era a mesma mulher que antes ria comigo e me dava biscoitos açucarados.

Estava velha agora.

Não gritava mais com os filhos, não batia mais neles. Não sei se estava cuidando melhor dos filhos ou se tinha perdido o interesse por eles.

Mas nunca ouvimos Laura dizer nenhuma palavra de censura em relação a Lorna.

Aquilo era terrível.

Lorna levou seu filho para casa. Não houve nenhuma piada sobre o assunto na rua.

A casa de Laura era uma casa morta, silenciosa.

Hat disse: "A vida é mesmo uma coisa de doido. A gente pode até ver que o problema está vindo, mas não consegue fazer nadinha para impedir que aconteça. A gente só pode ficar parado, olhar e esperar".

Pelo que os jornais diziam, foi só mais uma tragédia de fim de semana, uma entre muitas.

Lorna afogou-se no Carenage.

Hat disse: "É o que elas sempre fazem, nadam e nadam para longe, até que ficam muito cansadas e não conseguem mais nadar".

Quando a polícia veio dar a notícia para Laura, ela falou muito pouca coisa.

Laura disse: "Está bem. Está bem. É melhor assim".

11. A carrocinha azul

Havia muitas razões para eu querer ser como Eddoes quando crescesse.

Ele era um dos aristocratas da rua. Conduzia uma carrocinha de lixo e portanto trabalhava só de manhã.

Como todo mundo dizia, Eddoes era um verdadeiro "garoto-saga". Isso não queria dizer que ele escrevesse poemas épicos. Queria dizer que ele era um "homem doce", um homem com tempo livre, que se vestia bem e que tinha um fraco por mulheres.

Hat dizia: "Para um homem que é condutor de uma carrocinha de lixo, esse Eddoes é limpo demais, não acham?".

Eddoes tinha mania de limpeza.

Ficava horas escovando os dentes.

Se a gente fosse explicar para uma pessoa de fora como era o Eddoes, poderia muito bem dizer: "Você sabe... é aquele sujeito miudinho que vive com uma escova de dentes na boca".

Aquilo era uma das coisas em Eddoes que eu admirava de fato. Uma vez enfiei uma escova de dentes na boca e fiquei andando assim pelo nosso quintal no meio do dia.

Minha mãe veio e disse: "Que brincadeira é essa, moleque? Por que você não espera até seu xixi fazer espuma?".

Aquilo me deixou triste durante vários dias.

Mas nem por isso me impediu de levar a escova de dentes para a escola e usar a escova lá. O que causou uma tremenda sensação. Mas rapidamente me dei conta de que só um homem feito Eddoes podia usar uma escova de dentes enfiada na boca e fazer sucesso.

Eddoes só andava bem-vestido. Suas calças cáqui estavam sempre com vinco e seus sapatos sempre brilhavam. Usava a camisa com três botões abertos, de modo que a gente podia ver seu peito peludo. Os punhos da camisa estavam sempre arregaçados até um pouco acima do pulso e assim a gente podia ver seu relógio de ouro.

Até quando Eddoes estava de paletó, a gente conseguia ver o relógio de pulso. Pela maneira como usava o paletó, parecia até que Eddoes não tinha percebido que a manga do palctó estava presa na pulseira do relógio.

Foi só quando cresci que me dei conta de como Eddoes era pequeno e magro.

Perguntei para Hat: "Você acha que é mesmo verdade toda essa história que Eddoes vive contando para a gente de que as mulheres estão sempre correndo atrás dele?".

Hat respondeu: "Bem, menino, as mulheres hoje em dia são muito gozadas mesmo. Elas podem muito bem correr atrás de um anão, se o cara tiver dinheiro".

Falei: "Não acredito em você".

Eu era muito jovem na ocasião.

Mas sempre pensei: "Se existe no mundo um homem feito para as mulheres gostarem, esse homem é o Eddoes".

Ele ficava sentado em sua carrocinha de lixo azul com muita elegância. E como aquela escova de dentes enfiada na sua boca parecia chique!

Mas a gente não podia falar com ele quando estava em sua carrocinha. Naquela hora ele era muito diferente do Eddoes que a gente conhecia, no dia a dia; naquela hora ele nunca ria, estava sempre de cara séria. E se a gente tentasse subir na traseira de sua carrocinha, como a gente costumava fazer com a carrocinha de gelo, Eddoes estalava seu chicote em cima de nós de um jeito malvado, e gritava: "Que carrocinha vocês estão pensando que é esta aqui? Os pais de vocês não têm dinheiro para comprar uma carrocinha feito esta, estão ouvindo?".

Todo ano, Eddoes ganhava o prêmio que a prefeitura dava à carrocinha de lixo mais limpa.

Ouvir Eddoes falar sobre seu emprego era uma garantia de a gente se sentir inferior e triste.

Dizia que conhecia todas as pessoas importantes em Port of Spain, desde o governador.

Dizia: "Ontem peguei duas ou três latas de lixo na casa do diretor dos Serviços Médicos. Conheço o sujeito muito bem, sabiam? Faz anos que pego o lixo dele, desde o tempo em que era um medicozinho à toa em Woodbrook e comia o pão que o diabo amassou. Então ontem eu o vi e ele me disse: 'Eddoes (é assim que ele sempre me chama, sabem), Eddoes', disse ele, 'entre aqui e tome um drinque comigo'. Só que quando estou trabalhando eu não gosto de beber porque isso atrasa o serviço. Mas ele quase me puxou da carrocinha de lixo. No final tive de beber com ele. Ele me contou todos seus problemas".

Havia também histórias de mulheres ricas que esperavam por ele atrás das latas de lixo, mulheres que suplicavam a Eddoes para que fosse retirar seu lixo.

Mas vocês tinham de ver Eddoes nos dias em que os lixeiros

faziam greve. Como eu já disse, os lixeiros eram uma gente orgulhosa e não admitiam que ninguém fizesse gracinhas com eles.

Sabiam que tinham poder. Podiam fazer Port of Spain feder em vinte e quatro horas, se entrassem em greve.

Nesses dias importantes, Eddoes caminhava devagar, com ar pensativo, para cima e para baixo da Miguel Street. Tinha um ar tristonho e bravo e não falava com ninguém.

Usava um lenço vermelho e uma escova de dentes de cabo vermelho, nesses dias.

Às vezes íamos à reunião dos grevistas na praça Woodford para observar essas pessoas empolgadas.

Eu ficava admirado de ver Eddoes cantando. As canções eram violentas, mas Eddoes parecia muito triste.

Hat me disse: "Tem uns detetives disfarçados por aqui, sabiam? Anotam todas as palavras que Eddoes e os outros falam".

Era muito fácil identificar os detetives. Usavam uma espécie de uniforme à paisana — chapéu marrom, camisa branca e calça marrom. Ficavam tomando notas em cadernos grandes, com lápis vermelhos.

E Eddoes não parecia nem um pouco assustado!

Todos nós sabíamos que Eddoes não era de brincadeira.

Então não era nem um pouco de espantar que Eddoes fosse orgulhoso.

Um dia Eddoes trouxe para casa um par de sapatos e mostrou para nós de um jeito muito tranquilo, como se na verdade não desse a menor importância para o fato de a gente olhar ou não olhar para o sapato.

Enquanto escovava os dentes, sem olhar para nós, falou: "Arranjei esses sapatos aí hoje, no *labasse*, o depósito de lixo, sabem? Estavam lá jogados e peguei para mim".

Demos um assovio. Os sapatos estavam praticamente novos em folha.

"As pessoas jogam fora cada coisa", disse Eddoes.

E acrescentou: "Este meu emprego é uma coisa fantástica, sabiam? Se a gente prestar atenção de verdade, acaba arranjando tudo. Conheço um homem que, outro dia mesmo, conseguiu uma cama inteirinha. E quando eu estava recolhendo lixo na St Clair outro dia, uma mulher idiota saiu correndo de casa e me implorou para entrar. Disse que queria me dar um rádio".

Boyee disse: "Quer dizer que aquela gente rica joga fora coisas assim?".

Eddoes riu e desviou os olhos, com pena de nossa ingenuidade.

A notícia sobre Eddoes e o sapato se espalhou pela rua com grande velocidade. Minha mãe ficou perturbada. Falou: "Olhe só como é a vida. Aqui estou eu, me matando de tanto trabalhar. Ninguém nunca me dá um par de sapatos desse jeito, sabia? E aí lá está aquele sujeitinho de bunda fina, que não faz quase nada na vida, e olhe só quanta coisa ele consegue arranjar".

Em pouco tempo, Eddoes começou a arranjar mais coisas. Trouxe para casa um estrado de cama, trouxe uma porção de xícaras e pires só ligeiramente rachados, muitos pedaços de madeira, tudo quanto era tipo de porcas e parafusos, e às vezes trazia até dinheiro.

Eddoes disse: "Hoje conversei com um dos caras da velha guarda neste serviço. Ele me disse que o negócio é nunca jogar fora os sapatos. A gente tem sempre de dar uma espiada dentro dos sapatos que as pessoas jogam no lixo e aí a gente vai achar um monte de coisa".

Chegou uma hora em que a gente não podia mais dizer se Eddoes tinha mais orgulho de seu emprego ou de sua coleção de quinquilharias.

Passava meia hora por dia descarregando as quinquilharias de sua carrocinha de lixo.

E se alguém quisesse uns pregos ou um pedaço de chapa ondulada para o telhado, a primeira pessoa para quem ia pedir era o Eddoes.

Ele fazia o maior drama quando alguém lhe pedia coisas, embora eu tivesse a impressão de que ele gostava daquilo.

Eddoes dizia: "Dou o maior duro o dia inteiro para conseguir juntar esse material e aí as pessoas acham que é só chegar aqui, revirar tudo e me dizer: 'Me dá isso aqui, me dá aquilo ali'".

Com o tempo, as pessoas passaram a chamar as quinquilharias de Eddoes de mercadorias de Eddoes.

Um dia, depois que fundou sua escola, Titus Hoyt nos contou que teve de gastar um bocado de dinheiro para comprar livros.

Falou: "Vou ter de gastar pelo menos sessenta dólares".

Eddoes perguntou: "Quantos livros vai comprar por esse dinheiro?".

Titus Hoyt respondeu: "Ah, uns sete ou oito mais ou menos".

Eddoes riu de um jeito desdenhoso.

Disse: "Pois eu podia arranjar um monte de livros para você por uns doze centavos. Para que você quer gastar tanto dinheiro só com oito livros?".

Eddoes vendeu uma porção de livros.

Hat comprou vinte centavos de livros.

Isso serve para mostrar de que modo Titus Hoyt estava educando todo mundo.

E houve também a história dos quadros.

Um dia, Eddoes disse: "Hoje peguei dois quadros bonitos, duas paisagens muito bonitas mesmo, com moldura e tudo".

Cheguei em casa e disse: "Mãe, Eddoes disse que pode nos vender duas paisagens por doze centavos".

Minha mãe reagiu de um jeito inesperado.

Enxugou a mão no vestido e veio para o lado de fora.

Eddoes mostrou as paisagens. Falou: "O vidro está um pouco sujo, mas dá para limpar. E são umas paisagens muito bonitas".

Eram gravuras de navios em mares tempestuosos. Percebi que minha mãe estava à beira de chorar de alegria. Repetia: "Eu sempre quis ter umas paisagens bonitas". Então, apontando para mim, falou para Eddoes: "O pai desse menino vivia o tempo todo pintando paisagens, entende?".

Eddoes se mostrou devidamente impressionado.

E perguntou: "Paisagens feito esta?".

Minha mãe não respondeu.

Após uma breve conversa, minha mãe pagou dez centavos para Eddoes.

E se Eddoes tivesse alguma coisa que ninguém queria comprar, ia falar com meu tio Bhakcu, que estava sempre disposto a comprar qualquer coisa.

Dizia: "Nunca se sabe quando essas coisas podem ter alguma utilidade".

Hat começou a dizer: "Acho que todas essas mercadorias estão perturbando a cabeça do Eddoes, sabiam? Já houve uns homens com esse mesmo problema antes".

Não fiquei preocupado, até que Eddoes me procurou um dia e disse: "Já pensou em colecionar bilhetes velhos de ônibus?".

A ideia nunca tinha passado pela minha cabeça.

Eddoes falou: "Escute, tem uma coisa que um menino pequeno feito você podia começar a fazer. Para cada mil que você juntar, eu pago um centavo".

Perguntei: "Para que você quer bilhetes de ônibus?". Ele riu como se eu fosse um tolo.

Não juntei nenhum bilhete de ônibus, mas notei que uma porção de garotos estava catando bilhetes na rua. Eddoes tinha dito a eles que, para cada cem bilhetes que juntassem, ele pagaria com um passeio grátis na carrocinha.

Hat disse: "Quando ele começar a colecionar alfinetes, aí está na hora de ficar preocupado de verdade".

Mas aconteceu uma coisa que deixou Eddoes de novo sóbrio como um juiz.

Um dia, falou: "Estou com um problema!".

Hat disse: "Não vá me dizer que você é um ladrão e que todas essas mercadorias são roubadas, não é?".

Eddoes balançou a cabeça.

Explicou: "Tem uma garota que vai ter um filho meu".

Hat disse: "Tem certeza de que é seu filho mesmo?".

Eddoes respondeu: "Ela diz que é".

Era difícil entender por que aquilo deixava Eddoes tão preocupado.

Hat disse: "Puxa, não seja tolo, cara. É o tipo de coisa que acontece com qualquer um".

Mas Eddoes se recusou a ser consolado.

Juntava suas tralhas de um jeito desatento.

Então parou de fazer aquilo.

Hat disse: "Eddoes está se comportando como se tivesse digerindo a ideia de fazer um filho".

Hat perguntou de novo: "Tem certeza de que esse bebê é seu mesmo e não de algum outro? Tem mulheres que ganham a vida desse jeito, sabia?".

Eddoes respondeu: "É verdade que ela teve outro filho, mas estou encrencado".

Hat perguntou: "Ela é que nem a Laura?".

Eddoes respondeu: “Nada disso, Laura tem só um filho para cada homem. Já essa garota tem dois ou três”.

Hat falou: “Escute, não tem de ficar preocupado com isso. Você nem sabe se o filho é seu. Espere para ver. Espere para ver”.

Eddoes falou em tom triste: “Ela diz que, se eu não assumir o filho, vai me fazer perder meu emprego”.

Demos um suspiro de espanto.

Eddoes disse: “Ela conhece uma porção de gente. Diz que vai dar um jeito de eu ter de sair da St Clair e vai me pôr para trabalhar em Rio Seco, onde as pessoas são tão tremendamente pobres que não jogam nada fora”.

Falei: “Quer dizer que lá você não vai mais achar nenhuma mercadoria?”.

Eddoes fez que sim com a cabeça, e compreendemos.

Hat disse: “O compositor de calipsos tinha razão, lembram?

Um homem verme é ruim.
Uma mulher verme é pior do que ruim.

Conheço esse tipo de mulher. Tem uma porção de filhos, põe a culpa nos pais e cobra um monte de dinheiro dos pais por causa dos filhos. Quando ela tiver uns trinta ou trinta e cinco anos, vai ficar recebendo um monte de dinheiro de um monte de homens e não vai cuidar de filho nenhum nem vai ter a menor responsabilidade com nada. Já conheço essa história”.

Boyee disse: “Não se preocupe, Eddoes. Espere para ver se é mesmo seu filho. Espere para ver”.

Hat falou: “Boyee, você não acha que é pequeno demais para se meter numa conversa feito essa?”.

Os meses se arrastaram.
Um dia, Eddoes anunciou: "Ela teve o bebê ontem".
Hat perguntou: "Menino ou menina?".
"Menina."
Tivemos pena do Eddoes.
Hat perguntou: "E você tem certeza de que é mesmo seu?".
"É sim."
"Vai trazer a criança para casa?"
"Daqui a um ano mais ou menos."
"Então agora você não tem nada com que se preocupar. Se o filho é seu, traga para casa, cara. E vai continuar trabalhando na St Clair, pegando suas mercadorias."
Eddoes concordou, porém não parecia nem de longe mais feliz com aquilo.

Hat deu um apelido para a criança ainda muito antes de a menina chegar à Miguel Street. Chamou-a de Prazer e assim ela foi chamada até ficar uma garota grande.
A mãe da criança a trouxe certa noite, mas não ficou muito tempo. E o prestígio de Eddoes cresceu quando vimos como a mãe era linda. Era uma mulher de aspecto espanhol, ardente.
Mas bastou olhar para Prazer para sabermos que não podia ser filha de Eddoes.
Boyee começou a assoviar o calipso:

Crianças chinesas me chamam de papai
E sou preto feito azeviche,
Minha mulher é que nem uma boneca de piche,
E mesmo assim...
Crianças chinesas me chamam de papai!
Ah, meu Deus, tem alguém pondo leite no meu café.

Hat deu um beliscão em Boyee e disse para Eddoes: "É uma criança linda, Eddoes. Igual a você".

Eddoes disse: "Acha mesmo, Hat?".

Hat respondeu: "É sim, cara. Acho que quando crescer vai ser uma garota gentil, assim como o pai dela é um homem gentil".

Falei: "Você tem uma filha bonita, Eddoes".

O bebê estava dormindo, era cor-de-rosa e lindo.

Errol disse: "Eu poderia esperar dezesseis anos, até ela ficar grande o bastante".

Eddoes, àquela altura, estava sorrindo e, sem nenhum motivo, desatou numa gargalhada.

Hat falou: "Cale a boca, Eddoes. Assim vai acordar a criança".

E Eddoes perguntou: "Você acha mesmo que ela puxou a mim, Hat?".

Hat respondeu: "Acho sim, cara. Acho que você está agindo direito, sabe, Eddoes. Se eu mesmo não tivesse tomado tanto cuidado e tivesse tido filhos por aí, traria todos para minha casa para criar. Traga todos para casa para criar. Não tem motivo nenhum para ter vergonha disso".

Eddoes disse: "Hat, tem uma gaiola grande que peguei faz muito tempo. Amanhã vou trazer a gaiola para você".

Hat disse: "Faz muito tempo que eu ando mesmo querendo uma boa gaiola".

E em pouco tempo Eddoes voltou a ser o velho Eddoes que conhecíamos, orgulhoso de seu trabalho, de suas quinquilharias; e agora também orgulhoso de Prazer.

Ela virou o xodó da rua e todas as mulheres, a senhora Morgan, a senhora Bhakcu, Laura e minha mãe, ajudavam a cuidar da menina.

E se alguém na Miguel Street teve vontade de rir, ficou de bico fechado quando Prazer ganhou o primeiro prêmio no concurso do bebê mais bonito, e a fotografia dela saiu nos jornais.

12. Amor, amor, amor, sozinho

Um dia de manhã, lá pelas nove horas, uma viatura fúnebre e um automóvel pararam na frente da casa da senhorita Hilton. Um homem e uma mulher saíram do carro. Eram ambos de meia-idade e estavam vestidos de preto. Enquanto o homem assoviava para os dois homens na viatura fúnebre, a mulher chorava de um jeito contido e respeitoso.

Então suponho que a senhorita Hilton foi a pessoa que teve o enterro mais rápido e mais privado da Miguel Street. Não foi nem um pouco parecido com o enterro da outra velha viúva, a senhorita Ricaud, membro da Ordem do Império Britânico e assistente social, que morava na parte mais bonita da rua. Naquele enterro, contei setenta e nove carros e uma bicicleta.

O homem e a mulher voltaram ao meio-dia e fizeram uma fogueira no quintal. Colchões, travesseiros, lençóis e toalhas foram queimados.

Depois todas as janelas da casa cinzenta de madeira foram abertas, algo que eu nunca tinha visto antes.

E no final da semana, pregaram uma tabuleta na mangueira: À VENDA.

Ninguém na rua conhecia a senhorita Hilton. Durante toda a vida, o portão da frente de sua casa vivia fechado a cadeado e ninguém a via sair nem via ninguém entrar. Portanto, mesmo que a gente quisesse, não podia dizer que lamentava e que sentia falta da senhorita Hilton.

Quando penso na casa dela, só vejo duas cores. Cinza e verde. O verde da mangueira, o cinza da casa e o cinza da cerca alta de ferro galvanizado que impedia a gente de alcançar as mangas.

Se nossa bola de críquete caía no quintal da senhorita Hilton, a gente nunca tinha a bola de volta.

Não estava na temporada das mangas quando a senhorita Hilton morreu. Mas a gente recuperou umas dez ou doze bolas de críquete.

A gente tinha uma predisposição a não gostar de gente nova, antes mesmo de se mudarem para a rua. Acho que ficávamos um pouco preocupados. Já tínhamos um homem que vivia reclamando de nós para a polícia. Reclamava que a gente jogava críquete na calçada; e se não estávamos jogando críquete, mesmo assim ele reclamava de que estávamos fazendo barulho demais.

O sargento Charles vinha e dizia: "Meninos, o chefe me mandou vir aqui. Aquele sujeito chato telefonou de novo. Que tal fazer um pouco menos de barulho?".

Numa tarde, quando voltei da escola, Hat me disse: "São um homem e uma mulher. Ela é bonita demais, mas ele é feio que nem o diabo, cara. Parece que são portugueses".

Não consegui ver muita coisa. O portão da frente estava aberto, mas as janelas estavam fechadas de novo.

Ouvi um cachorro latindo de um jeito bravo.

Bem depressa, uma coisa ficou clara. Quem quer que fossem aquelas pessoas, nunca seriam do tipo que telefona para a polícia e diz que a gente está fazendo barulho demais e perturbando seu sono.

Veio um bocado de barulho de dentro da casa naquela noite. O rádio ficou ligado a todo volume até meia-noite, quando a Rádio de Trinidad encerrava as transmissões. O cachorro estava latindo e o homem estava gritando. Não ouvi a voz da mulher.

Na manhã seguinte, estava tudo no maior sossego.

Fiquei esperando até ver a mulher, antes de ir para a escola.

Boyee disse: "Sabe, Hat, acho que já vi essa mulher em outro lugar. Vi essa mulher quando eu estava entregando leite lá no caminho de Mucurapo".

Aquela dama não combinava com o resto de nós, da Miguel Street. Andava bem-vestida demais. Era um pouco bonita demais e um pouco refinada demais, e era engraçado ver como ela tentava abrir caminho aos empurrões no meio das outras mulheres na loja da Mary para conseguir as poucas mercadorias que vendiam ali, como farinha e arroz.

Achei que Boyee tinha razão. Era mais fácil ver aquela mulher saltitando de short num jardim de uma daquelas casonas bonitas de Mucurapo, com um criado de uniforme arrumando as coisas em volta.

Depois dos primeiros dias, comecei a ver o homem mais vezes. Era alto e magro. Tinha o rosto feio e umas manchas cor-de-rosa.

Hat falou: "Meu Deus, ele é um beberrão de primeira categoria, escutem o que estou dizendo".

Levei um tempo para me dar conta de que aquele homem

alto ficava embriagado quase o tempo todo. Exalava um cheiro enjoativo de rum de má qualidade e eu tinha medo dele. Toda vez que eu o via, ia para o outro lado da rua.

Se a esposa dele, ou o que quer que ela fosse, se vestia melhor do que qualquer outra mulher na rua, ele por sua vez se vestia pior do que qualquer um de nós. Andava mais sujo até do que o George.

Parecia nunca trabalhar.

Perguntei para Hat: "Como é que uma mulher bonita e gentil como aquela pode se juntar com um homem feito esse?".

Hat respondeu: "Menino, você não vai entender. Se eu explicar para você, não vai acreditar".

Então eu vi o cachorro.

Parecia tão grande quanto um carneiro e bravo que nem um touro. Tinha o mesmo tipo de cara fina de seu dono. Eu via os dois sempre juntos.

Hat disse: "Se aquele cachorro fugir algum dia, vai haver uma tremenda encrenca na rua".

Uns dias depois, Hat falou: "Sabe, de repente me veio uma ideia. Não vi aquela gente trazer nenhuma mobília para dentro de casa. Parece que tudo o que eles têm é o rádio e mais nada".

Eddoes disse: "Tenho um monte de coisas que eu podia vender para eles".

Eu ficava pensando no homem, na mulher e no cachorro daquela casa e tinha pena da mulher e temia por ela. Gostava dela também, por causa do jeito como andava pela rua tentando dar a impressão de que tudo estava muito bem, tentando dar a impressão de que era apenas mais uma mulher na rua como todas as outras, sem nada de estranho que as pessoas pudessem notar.

Então começaram as surras.

A mulher saía de casa correndo aos berros. A gente ouvia o cachorro terrível latindo e ouvia o homem gritando, dizendo palavrões e usando um linguajar tão chulo que todos ficávamos chocados.

Hat disse para os homens adultos: “É fácil somar dois mais dois e entender o que está acontecendo lá”.

Edward e Eddoes riram.

Perguntei: “E o que é que está acontecendo, Hat?”.

Hat riu.

E disse: “Você é pequeno demais para entender, menino. Espere até usar calça comprida”.

Então pensei no pior.

A mulher se comportava como se de repente tivesse perdido toda vergonha. Corria gritando para qualquer pessoa que passasse na rua, dizendo: “Socorro! Me ajude! Se ele me pega vai me matar”.

Um dia ela correu para nossa casa.

Não pediu nenhuma desculpa por entrar de repente nem nada. Estava assustada e perturbada demais até para chorar.

Nunca vi minha mãe tão aflita para ajudar alguém. Deu chá e biscoitos para a mulher. A mulher disse: “Não consigo entender o que deu no Toni ultimamente. Mas é só de noite que ele fica assim, sabe? De manhã ele é um doce de pessoa. Mas ao meio-dia alguma coisa acontece e ele vai enlouquecendo”.

No início minha mãe se mostrava excessivamente fina com a mulher, desencavava todas as palavras bonitas e o jeito mais bonito de pronunciá-las; confortável ela pronunciava conforrrtáável, rimava guerrear com bar e prometia que tudo iria melhorar de-fi-ni-ti-va-men-te. Em geral minha mãe se referia aos homens como gente comum, mas com aquela mulher passou a falar das coisas que os homens faziam e do jeito como se comportavam citando meu falecido pai como um exemplo típico.

Minha mãe disse: “Com o pai deste menino, acontecia sempre o contrário. Toda vez que eu entrava num quarto onde ele estava, ele se levantava da cama com um pulo e saía correndo aos berros, saía correndo aos berros".

Mas depois que a mulher veio para nossa casa três ou quatro vezes, minha mãe voltou ao seu jeito habitual e passou a tratá-la como se fosse que nem a Laura ou a senhora Bhakcu.

Minha mãe perguntou: "Agora me conte, senhora Hereira, por que a senhora não deixa de uma vez esse homem que não presta para nada?".

A senhora Hereira respondeu: "É uma coisa muito idiota para dizer à senhora ou a qualquer pessoa, mas eu gosto de Toni. Eu o amo".

Minha mãe disse: "É um tipo de amor muito esquisito esse daí".

A senhora Hereira começou a falar de Toni como se ele fosse um garotinho de quem ela gostava.

Disse: "Ele tem muitas qualidades, sabe? Tem o coração no lugar certo, de fato".

Minha mãe disse: "Não sei nada do coração dele, o que sei é que ele está precisando de um bom pontapé no traseiro para pôr algum juízo naquela cabeça oca. Como é que você pode deixar que um homem desses estrague sua vida assim?".

A senhora Hereira respondeu: "Não, eu conheço o Toni. Cuidei dele quando estava doente. É a guerra, entende? Era marinheiro e foi torpedeado duas vezes".

Minha mãe disse: "Eles deviam tentar uma terceira vez".

"Não devia falar assim", disse a senhora Hereira.

Minha mãe falou: "Escute, só estou falando o que passa na minha cabeça. Você não veio aqui para pedir um conselho?".

"Não pedi conselho nenhum."

"Você veio aqui pedindo minha ajuda e eu só estou tentando ajudar. Só isso."

"Não quero sua ajuda nem seus conselhos", respondeu a senhora Hereira.

Minha mãe não perdeu a calma. Disse: "Então está bem, tudo certo. Volte para o grande homem. Quem mandou, bem feito, está vendo só? Fui me intrometer na vida dos outros. Sabe a letra daquele calipso?

É o amor, o amor, o amor e mais nada
Que faz o rei Eduardo deixar o trono para trás.

Bom, vou lhe dizer uma coisa. Você não é o rei Eduardo, está certo? Volte para seu grande amor".

A senhora Hereira saía pela porta dizendo: "Nunca mais ponho os pés nesta casa".

Mas na noite seguinte ela voltava.

Um dia, minha mãe disse: "Senhora Hereira, todo mundo morre de medo daquele seu cachorro. É um bicho bravo demais para um lugar feito este aqui".

A senhora Hereira respondeu: "O cachorro não é meu. É do Toni, e nem eu posso tocar nele".

Nós tínhamos desprezo por Toni.

Hat disse: "É bom que um homem dê umas pancadas na mulher de vez em quando, mas esse sujeito faz isso como se fosse um exercício, cara".

E ele também era desprezado porque não conseguia aguentar bem a bebida.

Era encontrado dormindo em tudo quanto é lugar, depois que enchia a cara.

Ele fez algumas tentativas para fazer amizade com a gente, mas nos deixava desconfortáveis mais do que qualquer outra coisa.

Dizia para a gente: "Oi, meninos, tudo bem?".

E parecia que aquilo era o máximo de conversa de que era capaz. Quando Hat e os outros adultos tentavam conversar com ele, como uma forma de gentileza, eu percebia que Toni na verdade nem escutava o que estavam dizendo.

Ele se levantava de repente e se afastava de nós, sem dizer nenhuma palavra, quando alguém estava no meio de uma frase.

Hat dizia: "Não é fácil não. Quando eu olho para ele por muito tempo, tenho a sensação de que vou vomitar. Estão vendo que coisa feia a pele branca faz com as pessoas às vezes?".

E na verdade ele tinha uma pele horrorosa. Era amarela, rosada e branca, com manchas marrons e pretas. A pele acima do olho esquerdo tinha o tom rosado e bruto de uma pele escaldada.

Mas a coisa mais estranha que eu percebia era que bastava a gente olhar para as mãos de Toni e ver como eram finas e encolhidas que, em vez de ter nojo, a gente ficava com pena dele.

Mas eu só olhava para as mãos de Toni quando eu estava com Hat e o resto.

Acho que a senhora Hereira só enxergava as mãos dele.

Hat disse: "Fico imaginando quanto tempo isso ainda vai durar".

A senhora Hereira obviamente tinha intenção de que durasse muito tempo.

Ela e minha mãe acabaram ficando muito amigas e eu ouvia a senhora Hereira conversar a respeito de seus planos. Um dia ela disse que queria alguma mobília e acho que acabou arranjando mesmo alguns móveis.

Mas na maioria das vezes ela falava sobre Toni; e pelo jeito como falava qualquer pessoa acreditaria que Toni era um homem comum.

Ela dizia: "Toni anda pensando em ir embora de Trinidad. A gente podia começar indo para um hotel em Barbados".

Ou então: "Assim que Toni ficar melhor de novo, vamos partir numa longa viagem".

E de novo: "Toni é de fato um homem disciplinado, sabe? Tem uma enorme força de vontade, falando sério. Vamos viver bem quando ele recuperar a força".

Toni continuava a se comportar como se ignorasse todos aqueles planos. Ele se recusava a sossegar. Ficava cada vez mais furioso e mais desagradável.

Hat disse: "Ele está se comportando como uma dessas pessoas selvagens de John John que não têm nenhuma cultura. Como se tivesse esquecido para que servem as privadas".

E não era só isso. Parecia que ele estava adquirindo uma repulsa incrível em relação à espécie humana. Bastava pôr os olhos numa pessoa totalmente desconhecida para ele sair logo praguejando.

Hat disse: "Temos de fazer alguma coisa a respeito do Toni".

Eu estava presente na noite em que deram uma surra nele.

Durante muito tempo, aquela surra ficou na memória de Hat.

Foi mesmo uma coisa tremenda. Hat e o resto não estavam com raiva. E o próprio Toni não estava com raiva. Toni não estava nada. Não fez o menor esforço para revidar os golpes. E as pancadas que levou não deixaram nele nenhuma impressão. Não pareceu assustado. Não chorou. Não implorou. Só se levantava e apanhava.

Não estava querendo se mostrar corajoso nem nada.

Hat disse: "Ele só está embriagado demais".

No final, Hat ficou chateado consigo mesmo. Disse: "Ele

está se aproveitando. A gente não devia ter feito aquilo. O homem não tem sentimentos, só isso".

E pela maneira como a senhora Hereira falava, estava claro que ela nem soube o que tinha acontecido.

Hat disse: "É um alívio, afinal".

E durante todas aquelas semanas havia sempre uma pergunta em nossa cabeça. Como é que uma mulher feito a senhora Hereira podia viver com um sujeito que nem o Toni?

Hat disse que sabia. Mas, assim como todos nós, queria saber quem era a senhora Hereira. Até minha mãe se perguntava em voz alta sobre o assunto.

Boyee teve uma ideia.

Ele disse: "Hat, sabe aqueles anúncios que as pessoas colocam quando a esposa ou o marido foi embora de casa?".

Hat disse: "Boyee, sabe que você está ficando grande depressa demais, moleque? Como é que um pirralho que nem você sabe dessas coisas?".

Boyee considerou aquilo um elogio.

Hat disse: "Como é que você sabe que a senhora Hereira largou o marido? Como é que você sabe que ela não é casada com o Toni?".

Boyee respondeu: "Eu falei para você, Hat. Eu já tinha visto essa mulher lá no caminho de Mucurapo na época em que entregava leite. Escute o que estou falando, cara".

Hat disse: "Gente branca não faz esse tipo de coisa, colocar um anúncio no jornal e essa história toda".

Eddoes falou: "Você não sabe do que está falando, Hat. Quantas pessoas brancas você conhece, afinal?".

No fim, Hat prometeu que ia ler o jornal com mais atenção.

* * *

Depois começaram os problemas sérios.

A senhora Hereira um dia saiu correndo de casa aos gritos: "Ele está ficando maluco! Ele está ficando maluco, acreditem. Ele vai me matar, dessa vez é para valer".

Disse para minha mãe: "Ele agarrou uma faca e saiu atrás de mim. Ficou dizendo: Vou matar você, vou matar você. E ele falava de um jeito bem calmo".

"Você fez alguma coisa com ele?", perguntou minha mãe.

A senhora Hereira balançou a cabeça.

Disse: "É a primeira vez que ele ameaça me matar. E estava falando sério, pode acreditar".

Até então a senhora Hereira não tinha chorado, mas aí se desmanchou e desatou a chorar feito uma criança.

Ficou dizendo: "Toni esqueceu tudo o que fiz por ele. Esqueceu como eu cuidei dele quando estava doente. Me diga, você acha isso direito? Eu fiz tudo para ele. Tudo. Abri mão de tudo. Dinheiro e família. Tudo por ele. Me diga, é correto ele me tratar desse jeito? Ah, meu Deus! O que foi que fiz para merecer tudo isso?".

E então ela chorou, e falava e chorava.

Deixamos a senhora Hereira sozinha por um tempo.

Então minha mãe disse: "Toni parece o tipo de homem capaz de matar fácil, fácil, sem o menor sentimento de que está matando. Quer dormir aqui esta noite? Você pode dormir na cama do menino. Ele pode dormir no chão".

A senhora Hereira não estava prestando atenção.

Minha mãe a sacudiu e repetiu sua proposta.

A senhora Hereira respondeu: "Já estou melhor, agora, sério. Vou voltar e conversar com o Toni. Acho que fiz alguma coisa que ofendeu ele. Tenho de voltar e descobrir o que é".

"Bom, eu desisto", disse minha mãe. "Acho que você está levando essa história de amor longe demais, pense bem."

Aí a senhora Hereira voltou para casa. Minha mãe e eu ficamos esperando por muito tempo, esperando por um grito.

Mas não ouvimos nada.

E na manhã seguinte a senhora Hereira estava tranquila e refinada como sempre.

Mas dava para ver que a cada dia ela perdia um pouco de seu frescor e sua beleza ficava mais tristonha. O rosto ganhava rugas. Os olhos ficavam vermelhos e inchados e as olheiras escuras estavam feias, desagradáveis de olhar.

Hat se levantou de um pulo e disse: "Eu sei! Eu sei! Estou sabendo disso já faz um bocado de tempo".

Ele nos mostrou uma coluna de anúncios pessoais na seção de classificados do jornal. Sete pessoas tinham resolvido deixar seus cônjuges. Seguimos o dedo de Hat e lemos:

> Eu, Henry Hubert Christiani, declaro que minha esposa Angela Mary Christiani não está mais sob meus cuidados e minha proteção e que não sou responsável por nenhuma dívida ou dívidas contraídas por ela.

Boyee comentou: "É a mulher, é a própria".

Eddoes falou: "Sim, Christiani. Um médico. Conheço muito bem o sujeito. Eu pegava o lixo na casa dele".

Hat falou: "Agora eu pergunto a vocês uma coisa: Por que, por que uma mulher vai querer largar um homem feito ele para ficar com esse Toni?".

Eddoes disse: "Sim, eu conheço o Christiani muito bem, muito bem mesmo. Casa boa, carro bonito. Cheio de dinheiro, sabe? Já faz um bocado de tempo que não vejo o sujeito. Conheci na época em que eu trabalhava lá no caminho de Mucurapo".

E mais ou menos em meia hora a notícia já havia se espalhado pela Miguel Street.

Minha mãe disse para a senhora Hereira: "É melhor você chamar a polícia".

A senhora Hereira respondeu: "Não, não. A polícia, não".

Minha mãe disse: "Parece que você tem mais medo da polícia do que de Toni".

A senhora Hereira disse: "O escândalo...".

"Que escândalo que nada!", exclamou minha mãe. "Sua vida está em perigo e você fica pensando em escândalo. Como se ter esse homem na sua vida já não fosse desgraça bastante."

Minha mãe disse então: "Por que você não volta para seu marido?".

Falou como se esperasse que a senhora Hereira fosse dar um pulo de surpresa.

Mas a senhora Hereira ficou muito tranquila.

Ela disse: "Não sinto nada por ele. E não consigo aguentar aquele cheiro de limpeza de médico que ele tem. Me deixa com falta de ar".

Eu entendia a senhora Hereira perfeitamente e tentei atrair o olhar de minha mãe.

Toni estava mesmo enlouquecendo.

Ficava sentado na escadinha da porta de casa segurando uma garrafa de rum quebrada ao meio. O cachorro ficava ao seu lado.

Parecia ter perdido completamente o contato com o mundo. Parecia não ter sentimentos. Era muito difícil imaginar a senhora Hereira, ou senhora Christiani, apaixonada por ele. Mas era impossível imaginar o Toni apaixonado por quem quer que fosse.

Eu pensava nele como se pensa num bicho, que nem seu cachorro.

Certa manhã, a senhora Hereira veio à nossa casa e disse, muito tranquila: "Resolvi deixar o Toni".

Estava tão calma que notei que até minha mãe ficou preocupada.

Minha mãe disse: "O que foi que aconteceu agora?".

A senhora Hereira respondeu: "Nada. Noite passada ele fez o cachorro pular em cima de mim. Toni não dava a impressão de saber o que estava fazendo. Não riu nem nada. Acho que está ficando maluco e, se eu não for embora, acho que vai me matar".

Minha mãe disse: "E para quem você vai voltar?".

"Para meu marido."

"Mesmo depois do que ele publicou no jornal?"

A senhora Hereira disse: "Henry é feito uma criança, sabe? E ele acha que pode me assustar. Se eu voltar hoje, ele vai ficar bem satisfeito de me ver de volta".

E ao dizer aquilo ela parecia indiferente e dura.

Minha mãe falou: "Não esteja tão certa disso. Ele conhece o Toni?".

A senhora Hereira riu de um jeito meio louco. "Toni era amigo de Henry, não meu. Henry trouxe Toni para casa, um dia. Toni estava doente até não poder mais. Henry era assim, entende? Jamais conheci um homem que gostasse tanto de praticar boas ações quanto o Henry. A vida dele é fazer boas ações e cuidar da higiene."

Minha mãe disse: "Sabe, senhora Hereira, eu gostaria muito que a senhora fosse como eu. Quando a gente se casa logo aos quinze anos, não anda por aí dizendo todos esses disparates. Fazendo toda essa baderna com o coração, com o amor e toda essa bobagem".

A senhora Hereira começou a chorar.

Minha mãe disse: "Escute, eu não queria fazer você chorar assim não. Desculpe".

A senhora Hereira soluçou: "Não, não é a senhora, não é a senhora".

Minha mãe pareceu desapontada.

Ficamos olhando a senhora Hereira chorar.

Ela disse: "Deixei com Toni comida para uma semana".

Minha mãe disse: "Toni já é bem crescidinho. Não precisa ficar preocupada com ele".

Toni fez uns barulhos terríveis quando descobriu que a mulher tinha ido embora. Latiu feito um cachorro e gemeu feito um bebê.

Então ele se embriagou. Não se embriagou da maneira comum; já havia chegado ao estágio em que era o rum que o mantinha ativo.

Esqueceu completamente do cachorro e o bicho passava fome por vários dias.

Toni vagava de casa em casa, cambaleante, chorando, à procura da senhora Hereira.

E quando voltava para casa ia à desforra no cachorro. Nós ouvíamos o bicho ganir e rosnar.

No final, até o cachorro se voltou contra ele.

De algum jeito, o bicho conseguiu se soltar e investiu contra Toni.

O choque trouxe Toni de volta à razão.

O cachorro saiu da casa correndo e Toni foi atrás. Toni se agachou e deu um assobio. O cachorro parou, ergueu as orelhas e virou-se para olhar. Era engraçado ver aquele maluco embriagado sorrindo e assobiando para seu cachorro, tentando trazê-lo de volta.

O cachorro continuou parado, fitando Toni.

O rabo sacudiu no ar duas vezes, depois baixou.

Toni se levantou e andou na direção do cachorro. O cachorro deu meia-volta e correu.

Vimos Toni estirado num colchão num dos quartos. O quarto estava completamente vazio. Nada além do colchão, das garrafas de rum vazias e das guimbas de cigarro.

Ele estava bêbado e dormia e seu rosto estava estranhamente relaxado.

As mãos finas e enrugadas pareciam muito frágeis e tristes.

Outra tabuleta de VENDE-SE foi pregada na mangueira. Um homem com uns cinco filhos pequenos comprou a casa.

De vez em quando Toni aparecia para meter medo nos novos moradores.

Pedia dinheiro, rum, e tinha o costume de pedir o rádio. Dizia: "Vocês estão com o rádio da Angela aí dentro. Estou cobrando aluguel por isso, sabiam? Dois dólares por mês. Me deem os dois dólares agora".

O novo proprietário era um homem baixo e tinha medo de Toni. Nunca atendia a porta.

Toni olhava para a gente, ria e dizia: "Sabem do rádio da Angela, não sabem, meninos? Não sabem do rádio? Pois é, é o rádio que aquele homem está ouvindo lá".

Hat disse: "Quem é que pode me explicar por que puseram gente feito o Toni neste mundo?".

Depois de dois ou três meses, ele parou de vir à Miguel Street.

Vi Toni muitos anos depois.

Eu estava viajando para Arima e, perto da pedreira de Laventille, vi Toni dirigindo um caminhão-baú.

Estava fumando um cigarro.

Isso e os braços finos, é tudo que lembro.

E ao ir para Carenage num domingo de manhã, passei pela casa dos Christiani, que eu tinha evitado durante muito tempo.

A senhora Christiani, ou senhora Hereira, estava de short. Lia um jornal numa espreguiçadeira no jardim. Através das portas abertas da casa, vi um criado de uniforme pondo a mesa para o almoço.

Havia um carro preto, um carro grande e novo, na garagem.

13. O gênio da mecânica

Meu tio Bhakcu estava muito perto de ser um gênio da mecânica. Não me lembro de nenhuma época em que ele não fosse dono de algum veículo a motor. No entanto não creio que meu tio tenha sempre aprovado os projetos dos fabricantes, pois vivia desmontando os mecanismos em pedacinhos. Titus Hoyt dizia que aquilo também era um hábito dos esquimós. Era uma coisa que ele tinha aprendido num livro de geografia.

Se tento pensar em Bhakcu, nunca vejo seu rosto. Só consigo ver a sola de seus pés, enquanto ele rastejava no chão feito uma minhoca para baixo de um carro. Eu ficava preocupado quando Bhakcu estava embaixo de um carro porque parecia muito fácil o carro escorregar do macaco e cair em cima dele.

Um dia, aconteceu.

Ele soltou um gemido de leve, que só alcançou os ouvidos de sua esposa.

Ela exclamou: "Ai, meu Deus!", e desatou a chorar na mesma hora. "Sei que aconteceu alguma coisa ruim. Alguma coisa aconteceu com *ele*."

A senhora Bhakcu sempre usava esse pronome quando falava do marido.

Foi correndo para o canto do quintal e ouviu Bhakcu gemendo.

"Homem", sussurrou ela, "tudo bem com você?"

Ele gemeu um pouco mais alto.

E disse: "Como é que pode estar tudo bem comigo? Será que você está tão cega que não consegue enxergar que o carro tombou inteiro em cima da minha bunda?".

A senhora Bhakcu, esposa prestimosa, começou a chorar novamente.

Ela bateu na cerca de ferro galvanizado.

"Hat", chamou a senhora Bhakcu. "Hat, venha cá depressa. Um carro inteirinho caiu em cima *dele*."

Hat estava lavando o curral de vacas. Quando ouviu a senhora Bhakcu, ele riu. "A senhora sabe o que é que eu sempre digo", falou Hat. "Quando a gente se enfia embaixo de um carro, não pode reclamar se ele cair em cima da gente. Afinal o carro é novinho em folha. Por que diabo ele está querendo mexer tanto no carro?"

"*Ele* diz que o virabrequim não está funcionando direito."

"E é lá embaixo que ele está procurando o virabrequim?"

"Hat", gritou Bhakcu debaixo do carro. "Quando você tirar esse carro de cima de mim, eu vou quebrar sua cara."

"Homem", disse a senhora Bhakcu para o marido, "como pode ser tão ingrato? O moço vem aqui ajudar com a maior boa vontade do mundo e agora você quer bater nele?"

Hat começou a se mostrar ofendido e incompreendido.

Hat falou: "Não é novidade nenhuma. Eu não esperava mesmo outra coisa. É o que eu sempre ganho por me meter na vida dos outros. Sabe de uma coisa? Não vejo a hora de deixar você e seu marido aqui e voltar logo para meu curral".

"Não, Hat. Você não deve dar bola para o que *ele* diz. Pense só no que você ia dizer se um carro caísse inteirinho em cima de você."

Hat falou: "Tudo bem, tudo bem. Tenho de ir chamar alguns dos meninos para me ajudar".

Ouvimos Hat chamando na rua: "Boyee e Errol!".

Nenhuma resposta.

"Bo-yee e E-rrol!"

"Já vai, Hat."

"Onde foi que vocês se meteram, afinal, hein? Vocês acham que agora já são homens e podem enfiar as mãos nos bolsos e sair andando por aí que nem adultos, é? Estavam fumando, não é?"

"Fumando, Hat?"

"Mas o que foi que houve agora? Ficou surdo de uma hora para outra?"

"Era o Boyee que estava fumando, Hat."

"É mentira, Hat. Na verdade era o Errol. Fiquei só olhando para ele."

"Por acaso alguém disse que você agora é policial? Vão apanhar de vara, os dois. Errol, vá cortar uma varinha de bambu para o Boyee. E Boyee, vá cortar uma varinha de bambu para o Errol."

Ouvimos a choradeira dos meninos.

Embaixo do carro, Bhakcu chamou: "Hat, por que não deixa os meninos em paz? Um dia desses você ainda vai machucar os moleques, sabia? E aí eles vão meter você na cadeia. Por que não deixa os meninos em paz de uma vez? Já estão crescidos, agora".

Hat respondeu, gritando: "Cuide da sua vida, está ouvindo? Se não, vou deixar você aí embaixo desse carro até você apodrecer, está ouvindo?".

A senhora Bhakcu falou para o marido: "Fique calmo, homem".

Mas afinal nada daquilo era muito sério. O macaco tinha

escorregado, mas o eixo ficou apoiado numa pilha de tocos de pau, o que deixou Bhakcu preso no chão, mas sem machucar.

Quando Bhakcu saiu, deu uma olhada em suas roupas. Usava calças cáqui e um colete, os dois pretos e duros de graxa de motor.

Bhakcu falou para a esposa: "Agora ficaram sujos de verdade, não é?".

Ela olhou para o marido com orgulho. "Sim, homem", disse ela. "Ficaram sujos de verdade."

Bhakcu sorriu.

Hat falou: "Escute, eu já estou cheio de levantar carros de cima de você, está ouvindo bem? Se quer meu conselho, é melhor procurar um mecânico decente".

Bhakcu não deu a menor atenção.

Disse para a esposa: "O virabrequim estava direito. É alguma outra coisa".

A senhora Bhakcu disse: "Bem, de todo jeito, você tem de comer alguma coisa antes".

Olhou para Hat e explicou: "*Ele* não come quando está trabalhando nos carros, a menos que eu venha lembrar que tem de comer".

Hat disse: "E o que você quer que eu faça com isso? Que eu escreva a lápis num pedaço de papel e mande para os jornais?".

Eu queria ficar olhando Bhakcu mexer nos carros naquele fim de tarde, então falei para ele: "Tio Bhakcu, parece que suas roupas ficaram mesmo muito sujas e cheias de graxa. Nem sei como é que consegue vestir essas roupas".

Ele se virou e sorriu para mim. "O que é que você esperava, menino?", disse ele. "Um mecânico feito eu não tem tempo para ficar se preocupando com roupas limpas."

"O que aconteceu com o carro, tio Bhakcu?", perguntei.

Ele não respondeu.

"O platinado está batendo?", arrisquei.

Uma coisa que Bhakcu tinha me ensinado sobre carros era que o platinado vivia batendo. A gente podia dar qualquer carro do mundo para Bhakcu que a primeira coisa que ele dizia era: "O platinado está batendo, sabia? Escute só. Ouviu?".

"É o platinado?", perguntei.

Ele chegou perto de mim e perguntou com ar aflito: "O quê? Você por acaso ouviu o platinado bater?".

E antes que eu tivesse tempo de dizer: "Bem, *alguma coisa* estava batendo", a senhora Bhakcu puxou-o e disse: "Agora chega, venha comer, homem. Meu Deus, hoje suas roupas ficaram mesmo uma porcaria só".

O carro que caiu em cima de Bhakcu não era na verdade um carro novo, apesar de Bhakcu alardear que era quase novo.

"Tem só trezentos quilômetros rodados", dizia ele.

Hat disse: "Bem, eu sei que Trinidad é pequena, mas não sabia que era tão pequena assim".

Recordo o dia em que ele comprou o carro. Era sábado. E naquela manhã a senhora Bhakcu veio falar com minha mãe e as duas conversaram sobre o preço do arroz, da farinha, e sobre o mercado negro. Na hora em que estava saindo, a senhora Bhakcu disse: "*Ele* foi à cidade hoje. *Ele* disse que tinha que comprar um carro novo".

Então a gente ficou esperando para ver o carro novo.

Chegou o meio-dia, mas Bhakcu não veio.

Hat falou: "Aposto dois contra um que, neste mesmo instante, o homem está lá desmontando o motor".

Por volta das quatro horas, ouvimos uns estalos e umas batidas e, quando olhamos para a Miguel Street na direção de Docksite, vimos o carro. Era um Chevrolet azul, um dos modelos de

1939. Parecia chique e novo. Começamos a acenar e dar gritos de alegria, e vimos Bhakcu acenar com a mão esquerda.

Dançamos na rua na frente da casa de Bhakcu, acenando e dando gritos de alegria.

O carro chegou mais perto e Hat disse: "Pulem, meninos! Corram para salvar suas vidas. Parece que ele ficou doido".

Foi mesmo por muito pouco. O carro passou correndo na frente da casa e nós paramos de gritar.

Hat falou: "O carro está fora de controle. Ele vai sofrer um acidente, se não acontecer alguma coisa bem depressa".

A senhora Bhakcu riu: "O que vocês acham que é, afinal?", perguntou.

Mas a gente saiu correndo atrás do carro, gritando para Bhakcu.

Ele não estava acenando com a mão esquerda. Estava tentando avisar as pessoas para saírem da frente do carro.

Por um milagre, o carro parou pouco antes de chegar à Ariapita Avenue.

Bhakcu disse: "Estou metendo o pé no freio desde que entrei na Miguel Street, só que o freio não funciona. Que engraçado. Retifiquei o freio ainda hoje de manhã".

Hat disse: "Tenho duas coisas para você fazer. Retificar sua cabeça ou retificar seu traseiro para fora desse carro, antes que meta as pessoas numa encrenca das brabas".

Bhakcu respondeu: "Meninos, vocês vão ter de me dar uma mãozinha para empurrar o carro até em casa".

Na hora em que estávamos empurrando o carro e passamos pela casa de Morgan, o pirotécnico, a senhora Morgan gritou: "Ah, senhora Bhakcu, estou vendo que comprou um carro novo hoje, puxa vida".

A senhora Bhakcu não respondeu.

A senhora Morgan disse: "Ah, senhora Bhakcu, a senhora

acha que seu marido pode me dar uma carona no carro novo dele?".

A senhora Bhakcu respondeu: "Sim, *ele* dá uma carona para você sim, mas primeiro o *seu* marido tem de dar uma carona para *mim* na charrete de burro dele, quando comprar uma".

Bhakcu falou para a senhora Bhakcu: "Por que não fica de boca fechada?".

A senhora Bhakcu disse: "Mas como é que você quer que eu fique de boca fechada? Você é meu marido e tenho de defender você".

Bhakcu falou com ar muito compenetrado: "Você só deve me defender na hora que eu pedir, está certo?".

Deixamos o carro na frente da casa de Bhakcu e deixamos o senhor e a senhora Bhakcu com sua briga. Não era nada muito interessante. A senhora Bhakcu não parava de dizer que tinha o direito de defender o marido e o senhor Bhakcu só fazia negar aquele direito. No final Bhakcu teve de bater na esposa.

Aquilo não era tão fácil como pode parecer. Se vocês quiserem ter uma ideia mais exata da senhora Bhakcu, têm de imaginar uma pera como um modelo em escala reduzida. A senhora Bhakcu tinha tanta carne que quando ficava com os braços abaixados ao lado do corpo eles pareciam dois parênteses.

E quanto à sua voz na hora que brigava...

Hat dizia: "Parece que está saindo de um gramofone em que o disco está rodando muito depressa e ao contrário".

Acho que durante muito tempo Bhakcu experimentou bater na esposa com varas e eu não garanto que não tenha sido Hat quem sugeriu que usasse um bastão de críquete. Mas, seja lá quem foi que sugeriu aquilo, o fato é que um bastão de críquete de segunda mão foi comprado de um dos zeladores de campo do estádio Queen's Park Oval, foi envernizado e usado na senhora Bhakcu.

Hat disse: "É a única coisa que ela consegue sentir de verdade, eu acho".

O mais esquisito naquilo tudo era que a própria senhora Bhakcu conservava o bastão limpo e bem lustrado. Boyee tentou muitas vezes pegar o bastão emprestado para jogar, mas a senhora Bhakcu nunca emprestava.

Então, no final da tarde do dia em que o carro caiu em cima de Bhakcu, fui ver meu tio trabalhar.

"O que foi que você falou do platinado?", perguntou ele.

"Não falei nada", respondi. "Estava só perguntando para o senhor."

"Ah."

Bhakcu trabalhou até tarde naquela noite, desmontando o motor. Trabalhou o dia seguinte inteiro, domingo, e toda a noite de domingo. Na segunda-feira de manhã, veio o mecânico.

A senhora Bhakcu falou para minha mãe: "A empresa mandou um mecânico. O problema com esses mecânicos de Trinidad é que não passam de uns pirralhos que mal saíram das fraldas e não sabem nem o bê-á-bá de carros e essas coisas".

Fui à casa de Bhakcu e vi o mecânico com a cabeça metida embaixo do capô. Bhakcu estava sentado no estribo do automóvel, passando graxa em tudo o que mecânico lhe dava. Tinha um ar tão feliz com os dedos metidos na graxa que eu pedi: "Me deixa passar um pouco de graxa também, tio Bhakcu".

"Vá embora, menino. Você é muito pequeno para isso."

Sentei e fiquei olhando.

Ele disse: "O platinado estava batendo, mas eu consertei".

Falei: "Que bom".

O mecânico estava dizendo palavrões.

Perguntei para Bhakcu: "E as velas do distribuidor?".

Ele respondeu: "Vou ter de verificar depois".

Eu me levantei, dei uma volta em redor do carro e sentei no estribo, perto de Bhakcu.

Olhei para ele e disse: "Sabe de uma coisa?".

"O quê?"

"Quando ouvi o barulho do motor no sábado, achei que não estava com um som bonito."

Bhakcu disse: "Você vai ser um homem muito esperto quando crescer, sabia? Está aprendendo depressa".

Falei: "São as coisas que o senhor me ensina".

Na verdade, aquilo era praticamente o limite de meu conhecimento. O platinado, as velas do distribuidor, o barulho do motor e... sim, eu tinha esquecido uma coisa.

"Sabe de uma coisa, tio Bhakcu?", falei.

"O que foi, menino?"

"Tio Bhakcu, acho que é o carburador."

"Acha mesmo, menino?"

"Tenho certeza, tio Bhakcu."

"Bem, pois vou lhe dizer, menino. Foi a primeira coisa que perguntei para o mecânico. Ele acha que não é."

O mecânico levantou do motor a cara suja e zangada e disse: "O que é que se pode esperar quando a gente está com um monte de gente ignorante em volta dando palpite sobre um motor que os brancos construíram com as próprias mãos?".

Bhakcu piscou os olhos para mim.

Ele disse: "*Eu* acho que é o carburador".

Entre todas as peças para testar, o carburador era a que eu mais gostava. Às vezes Bhakcu acelerava o motor, enquanto eu colocava e tirava, várias vezes, a palma da mão de cima do carburador. Bhakcu nunca me disse para que a gente fazia aquilo e eu também nunca perguntei. Às vezes tínhamos de retirar combustível do tanque e depois eu derramava aquele combustível dentro do carburador, enquanto Bhakcu acelerava o motor. Muitas vezes eu pedia para ele me deixar acelerar o motor, mas meu tio não deixava.

Um dia o motor pegou fogo, mas eu pulei para trás a tempo. O fogo não durou muito.

Bhakcu saiu do carro, olhou para o motor com cara de espanto. Pensei que ele ia ficar aborrecido e eu já estava preparado para ver meu tio desmontar o motor na mesma hora.

Foi a última vez que fizemos aquela experiência com o carburador.

Por fim o mecânico testou o motor e os freios e disse: "Olhe aqui, o carro está bonzinho agora, está ouvindo? Tive mais trabalho do que se eu fosse construir um carro novo. Agora, trate de deixar esse bagulho sossegado".

Depois que o mecânico foi embora, Bhakcu e eu, muito pensativos, demos duas ou três voltas em redor do carro. Bhakcu ficou esfregando a mão no queixo, sem falar nada comigo.

De repente pulou no banco do motorista e apertou a buzina algumas vezes.

Falou: "O que acha dessa buzina, garoto?".

Respondi: "Toque de novo, me deixe ouvir".

Tocou a buzina mais uma vez.

Hat meteu a cabeça para fora de uma janela e berrou: "Bhakcu, pare de fazer barulho com esse carro, homem. Com toda essa zoeira, parece até que tem um casamento na rua".

Ignoramos Hat.

Falei: "Tio Bhakcu, acho que a buzina não está tocando direito".

Ele disse: "Você acha mesmo, é?".

Fiz uma careta e cuspi.

Então começamos a mexer na buzina.

Quando terminamos, havia um pedaço de fio enrolado na coluna de direção.

Bhakcu olhou para mim e disse: "Veja, agora é só pegar esse fio e encostar em qualquer parte de metal do carro que a buzina vai tocar".

Parecia improvável, mas funcionava mesmo.

Falei: "Tio Bhakcu, como é que o senhor pode saber tudo isso?".

Ele disse: "A gente aprende o tempo todo".

Os homens na rua não gostavam de Bhakcu porque achavam que ele era um chato. Mas eu gostava dele pela mesma razão que gostava de Popo, o carpinteiro. Pois, pensando nisso agora, vejo que Bhakcu também era um artista. Mexia nos automóveis pelo prazer que aquilo lhe dava e nunca parecia preocupado com dinheiro.

Mas sua esposa ficava preocupada. Assim como minha mãe, ela também achava que tinha nascido para ser uma hábil manipuladora de dinheiro, achava que tinha nascido para fazer o dinheiro brotar do nada.

Um dia ela conversou sobre esse assunto com minha mãe.

Minha mãe disse: "Táxi está dando muito dinheiro hoje em dia, essa história de ficar levando os americanos e suas namoradas para lá e para cá".

Então a senhora Bhakcu fez o marido comprar um caminhão.

Aquele caminhão era o orgulho da Miguel Street. Era um Bedford novo e todos nós saímos para dar as boas-vindas quando Bhakcu apareceu com ele em casa pela primeira vez.

Até Hat ficou impressionado. "Se tem uma coisa que os ingleses sabem construir, é um caminhão", disse ele. "Este aqui não é que nem esses Ford ou Dodge que andam por aí, sabiam?"

Bhakcu começou a trabalhar com o caminhão naquela mesma tarde e a senhora Bhakcu saiu espalhando para todo mundo: "Por que vocês não vêm ver *ele* trabalhando no Bedford?".

De vez em quando Bhakcu rastejava para sair de baixo do caminhão e dava um polimento nos para-lamas e no capô do motor. Depois se enfiava embaixo do caminhão outra vez. Mas não parecia feliz.

No dia seguinte as pessoas que tinham emprestado o dinheiro para ele comprar o Bedford formaram uma comissão e foram à casa de Bhakcu e imploraram para que ele desistisse.

Bhakcu ficou o tempo todo embaixo do caminhão e se recusava a responder. Os credores ficaram zangados e algumas mulheres no meio deles começaram até a gritar. Mas nem aquilo conseguiu comover Bhakcu e no final a comissão teve de ir embora.

Quando a comissão se foi, Bhakcu começou a ir à desforra em cima da esposa. Bateu nela e disse: "Foi você que quis que eu comprasse o caminhão. Foi você. *Você*. Essa história de você ficar pensando em dinheiro o tempo todo, dinheiro, dinheiro. Igualzinho à sua mãe".

Mas o motivo verdadeiro de sua raiva era que não conseguia remontar o motor do mesmo jeito que tinha encontrado. Duas ou três peças continuavam do lado de fora e ele ficava desconcertado com aquilo.

Os agentes mandaram um mecânico.

Ele olhou para o caminhão e perguntou para Bhakcu, com toda a calma do mundo: "Por que comprou um Bedford?".

Bhakcu respondeu: "Eu gosto do Bedford".

O mecânico gritou: "Por que diabos não comprou um Rolls--Royce? Esse eles vendem com o motor lacrado".

Então ele se pôs a trabalhar, falando com tristeza: "É de fazer a gente chorar. Um caminhão bonito e novo feito este".

A ignição nunca mais voltou a funcionar. E Bhakcu tinha sempre de usar a manivela.

Hat falou: "É uma tremenda vergonha. Um caminhão com cara de novo, com cheiro de novo, tudo ainda brilhando, com aquelas marquinhas de giz ainda no chassi, e esse homem tem de rodar a manivela como se fosse um calhambeque Ford".

Mas a senhora Bhakcu dava força: "Roda a manivela que o motor pega".

Certa manhã — era sábado, dia de feira — a senhora Bhakcu veio chorando falar com minha mãe. Disse: "*Ele* está no hospital".

Minha mãe perguntou: "Teve um acidente?".

A senhora Bhakcu respondeu: "*Ele* estava rodando a manivela para ligar o caminhão na feira. Rodou a manivela e o motor pegou. Mas estava engrenado e *ele* acabou sendo jogado contra outro caminhão".

Bhakcu passou uma semana no hospital.

Durante todo o tempo que teve o caminhão, tio Bhakcu sentia ódio da esposa e batia nela sempre, com o bastão de críquete. Acontece que ela também batia nele, com a língua, e acho que Bhakcu era o verdadeiro perdedor naquelas brigas.

Era difícil dar a ré com o caminhão na hora de guardar no quintal e era a obrigação e a alegria da senhora Bhakcu ajudar e orientar o marido naquela manobra.

Um dia ela disse: "Está certo, homem, para trás, para trás, vire um pouco para a direita, muito bem, muito bem, pode vir. Ah, meu Deus! Não, não, não, homem! Pare! Você vai acabar derrubando a cerca!".

Bhakcu de repente perdeu a cabeça. Deu marcha a ré tão bruscamente que acabou rachando o muro de concreto. Depois partiu para a frente de novo, ignorando os gritos da senhora Bhakcu e deu marcha a ré de novo, derrubando o muro inteiro.

Ficou muito irritado e, enquanto a esposa continuava lá fora gritando, ele foi para o seu quartinho, ficou só de calça, jogou-se na cama de barriga para baixo e começou a ler o *Ramayana*.

O caminhão não estava dando muito dinheiro. Mas, para poder ganhar alguma coisa, Bhakcu teve de arranjar carregadores. Conseguiu dois daqueles granadinos negros e grandalhões que vinham das ilhas menores e que estavam começando a chegar em massa a Port of Spain. Eles chamavam Bhakcu de "Patrão" e a senhora Bhakcu de "Madame", e aquilo era bonito. Mas quando eu via aqueles homens esparramados na traseira do caminhão, felizes da vida, em suas roupas empoeiradas e esfarrapadas e com chapéus de feltro amarrotados, eu me perguntava se eles sabiam quanta preocupação causavam e se sabiam como era incerta sua própria situação.

Agora a senhora Bhakcu só falava sobre aqueles dois homens.

Com ar fúnebre, dizia para minha mãe: "Depois de amanhã vamos ter de pagar aos carregadores". Dois dias depois, ela dizia, como se fosse o fim do mundo: "Hoje temos de pagar aos carregadores". E dali a pouco ela voltava para falar com minha mãe outra vez, no maior desalento, e dizia: "Depois de amanhã vamos ter de pagar aos carregadores".

Pagar aos carregadores — durante meses parecia que eu não escutava falar de outro assunto. As palavras já eram muito bem conhecidas na rua e acabaram virando uma expressão.

Boyee disse para Errol, num sábado: "Vamos ver a sessão da uma e meia, lá no Roxy".

E Errol virou os bolsos pelo avesso para fora da calça e disse: "Não posso ir, cara. Eu pago aos carregadores".

Hat disse: “Parece até que Bhakcu comprou o caminhão só para pagar aos carregadores”.

O caminhão afinal acabou sumindo. E os carregadores também. Não sei o que foi que aconteceu com eles. A senhora Bhakcu vendeu o caminhão bem na hora em que os caminhões estavam começando a dar dinheiro de verdade. Os dois compraram um táxi. Naquela ocasião a competição andava feroz e os táxis faziam corridas de treze quilômetros por doze centavos, o que só dava para pagar a gasolina.

A senhora Bhakcu falou para minha mãe: “O táxi não está dando dinheiro”.

Então ela comprou outro táxi e contratou um homem para dirigir. Ela disse: “Dois é melhor do que um”.

Bhakcu lia cada vez mais o *Ramayana*.

E até aquilo começou a preocupar as pessoas da rua.

Hat disse: “Escutem só o que os dois andam falando agora. Ela, com aquela voz que tem, e ele o tempo todo cantarolando aquela lenga-lenga indiana”.

Imaginem a seguinte cena. A senhora Bhakcu, muito baixa, muito gorda, parada junto à bica no seu quintal, berrando para o marido com a voz esganiçada. Ele só de calça, deitado de barriga para baixo, cantarolando preguiçosamente o *Ramayana*. De repente ele se levanta de um pulo e agarra o bastão de críquete no canto do quarto. Sai correndo para fora da casa e começa a bater na senhora Bhakcu com o bastão.

O silêncio que vem em seguida dura alguns minutos.

E depois só se ouve a voz de Bhakcu, que faz um solo do *Ramayana*.

Mas não pensem que a senhora Bhakcu, por causa disso, perdeu o orgulho que tinha do marido. Toda vez que a gente ouvia um bate-boca entre a senhora Bhakcu e a senhora Morgan, logo percebia que Bhakcu continuava a ser o mestre e o senhor de sua esposa.

A senhora Morgan disse: "Ouvi seu marido falando enquanto dormia na noite passada, e falava bem alto mesmo".

"Ele não estava falando", respondeu a senhora Bhakcu. "Estava cantando."

"Cantando? Hahahahahaha! Sabe de uma coisa, senhora Bhakcu?"

"O quê, senhora Morgan?"

"Se seu marido cantasse para ganhar a vida, vocês dois iam morrer de fome."

"*Ele* sabe muito mais do que qualquer desses homens ignorantes que moram nesta rua, fique sabendo disso. *Ele* sabe ler e escrever, entende? Inglês *e* híndi. Como é que você pode ser tão ignorante que não sabe que o *Ramayana* é um livro sagrado? Se você conseguisse entender todas as coisas bonitas que *ele* canta, não ficaria falando essas bobagens, está ouvindo?"

"Mas afinal, como estava seu marido hoje de manhã? Tem consertado muitos carros?"

"Não vou sujar minha boca discutindo com você aqui, está ouvindo? *Ele* sabe consertar seu carro sim. É de admirar que ninguém tenha dito ao seu marido onde é que ele pode consertar seus chamados fogos de artifícios."

A senhora Bhakcu sempre alardeava que Bhakcu lia o *Ramayana* duas ou três vezes por mês. "Tem umas partes que ele sabe de cor", dizia ela.

Mas aquilo era um consolo fraco, pois não estava entrando dinheiro em casa. O homem que ela havia contratado para dirigir o segundo táxi andava passando a perna na senhora Bhakcu. Ela disse: "O homem está me roubando feito o diabo. Diz que o táxi dá tão pouco dinheiro que agora eu é que estou devendo para ele". Ela demitiu o motorista e vendeu o táxi.

Empregou todo seu faro financeiro. Começou criando galinhas. Aquilo deu errado porque roubaram uma porção de suas galinhas, o resto foi atacado por cachorros de rua e, além do mais, Bhakcu detestava o cheiro das galinhas. Ela passou a vender bananas e laranjas, mas fazia aquilo mais para se divertir do que pelo pouco dinheiro que rendia.

Minha mãe disse: "Por que o Bhakcu não vai à luta e arruma um emprego?".

A senhora Bhakcu respondeu: "Mas como é que você quer que ele faça isso?".

Minha mãe respondeu: "*Eu* não quero isso. Estou só pensando em você".

A senhora Bhakcu falou: "Você por acaso consegue imaginar *ele* trabalhando com toda essa gente bruta e sem educação que tem aqui em Port of Spain?".

Minha mãe disse: "Bom, ele precisa fazer alguma coisa na vida. As pessoas não pagam para ver um homem rastejando embaixo de um automóvel ou cantando o *Ramayana*".

A senhora Bhakcu balançou a cabeça e fez uma cara triste.

Minha mãe disse: "Mas afinal o que é que estou falando? Você tem certeza mesmo de que ele sabe o *Ramayana*?".

"Tenho certeza absoluta."

Minha mãe disse: "Já sei, é fácil, é fácil. Ele é um Brahmin, ele sabe o *Ramayana*, e ele tem um carro. É bem fácil para ele virar um Pundit, um verdadeiro guru".

A senhora Bhakcu estalou as mãos uma contra a outra. "Essa sim é uma grande ideia. Os Pundit indianos andam ganhando muito dinheiro hoje em dia."

E então Bhakcu virou um Pundit.

* * *

Ele continuava a mexer no seu carro. Teve de parar de bater na senhora Bhakcu com o bastão de críquete, mas estava feliz.

Eu vivia assombrado por pensamentos do Pundit Bhakcu, que andava vestido com um *dhoti*, rastejava para debaixo de um carro e ficava consertando o virabrequim, enquanto os pobres hindus esperavam que ele viesse cuidar de suas almas.

14. Cautela

Só depois de 1947 Bolo passou a acreditar que a guerra tinha mesmo terminado. Até aí, ele dizia: "Não passa de um monte de propaganda. São só mentiras que contam para os pretos".

Em 1947 os americanos começaram a desmontar seu acampamento no parque George V e muita gente ficou triste.

Fui ver Bolo num domingo e, enquanto ele cortava meu cabelo, falou: "Ouvi dizer que a guerra terminou".

Respondi: "Eu também ouvi dizer. Mas ainda tenho minhas dúvidas".

Bolo disse: "Sei o que você quer dizer. Essa gente é mestre em propaganda, mas a maneira como eu encaro essa questão é assim: se ainda estivessem em guerra, iam querer continuar com o acampamento".

"Mas eles não querem mais continuar com o acampamento", falei.

Bolo disse: "Exatamente. É só somar dois mais dois e qual é o resultado a que a gente chega? Vamos, me diga, qual é a resposta?".

Respondi: "Quatro".

Ele ficou cortando meu cabelo estalando a tesoura, com ar pensativo, durante alguns momentos.

Falou: "Bem, estou contente que a guerra tenha terminado".

Quando paguei a ele pelo corte de cabelo, falei: "O que o senhor acha que a gente tem de fazer, senhor Bolo? Acha que a gente devia comemorar?".

Ele respondeu: "Me dê um tempo para pensar, homem. Me dê um tempo. Isso é coisa séria. Tenho de pensar bem".

E o assunto ficou por isso mesmo.

Lembro a noite em que as notícias da paz chegaram a Port of Spain. As pessoas ficaram doidas e foi o maior carnaval no meio da rua. Um novo calipso se espalhou, surgido do nada, e todo mundo ficou dançando nas ruas ao som de:

O dia inteiro e a noite inteira a senhorita Mary Ann
Lá na beira do rio pegando homens.

Bolo olhava para os dançarinos e dizia: "Que burrice! Que burrice! Como é que os pretos podem ser tão burros?".

Falei: "Mas o senhor não soube, senhor Bolo? A guerra acabou".

Ele exclamou: "E como é que você sabe? Estava lutando na guerra?".

"Mas deu no rádio e li no jornal."

Bolo riu. Falou: "Todo mundo vai dizer que você não passa de um moleque. Como é que pode ter crescido tanto e ainda acreditar em tudo o que lê nos jornais?".

Eu já tinha ouvido aquilo muitas vezes. Bolo tinha sessenta anos de idade e a única verdade que havia descoberto parecia ser: "Não se deve acreditar em tudo o que se lê nos jornais".

Era essa toda a sua filosofia e não o fazia feliz. Era o homem mais triste da rua.

Acho que Bolo já nasceu triste. Sem dúvida eu nunca o vi rir, a não ser de um jeito sarcástico, e durante onze anos eu o vi pelo menos uma vez por semana. Era um homem alto, não era magro, tinha um rosto que era uma caricatura da tristeza, a boca torcida para baixo nas pontas, as sobrancelhas também arqueadas para baixo, os olhos grandes e sem expressão.

Para mim, era de admirar que Bolo conseguisse ganhar a vida depois que parou de trabalhar como barbeiro. Acho que num censo demográfico ele seria definido como transportador. Seu carrinho era o menor que eu já tinha visto.

Era uma pequena caixa fixada sobre duas rodas e ele mesmo empurrava o carrinho com seu corpo comprido, com um ar de resignação e de futilidade tão grande que a gente até se perguntava por que ele empurrava aquilo, afinal de contas. No carrinho, ele conseguia levar só dois ou três sacos de farinha ou de açúcar.

Aos domingos, Bolo virava barbeiro de novo e, se tinha orgulho de alguma coisa na vida, era de seu trabalho de barbeiro.

Muitas vezes Bolo me dizia: "Conhece o Samuel?".

Samuel era o barbeiro mais bem-sucedido do bairro. Era tão rico que tirava uma semana de férias todos os anos e gostava que todo mundo soubesse disso.

Eu respondia: "Conheço o Samuel, sim. Mas não gosto que ele toque no meu cabelo. Ele não sabe cortar o cabelo da gente. Pinica minha cabeça e puxa meu cabelo".

Bolo dizia: "Sabe quem foi que ensinou ao Samuel tudo o que ele sabe sobre cortar cabelo? Sabe quem foi?".

Eu balançava a cabeça.

"Eu. Fui eu que ensinei ao Samuel. Quando começou a trabalhar de barbeiro, ele não sabia nem fazer a própria barba. Me procurou chorando e implorando: 'Senhor Bolo, senhor Bolo, me ensine como cortar o cabelo das pessoas, eu suplico'. Bem, acabei ensinando para ele, e veja só o que aconteceu. Samuel ficou rico que não acaba mais, e eu continuo morando num quarto desta casa velha e toda ferrada. Samuel tem uma sala onde ele corta o cabelo dos fregueses, enquanto eu tenho de cortar o cabelo de meus clientes ao ar livre mesmo, embaixo desta mangueira."

Falei: "Mas aqui do lado de fora é bonito, é melhor do que ficar numa sala fechada e quente. Mas o senhor parou de cortar o cabelo todo dia, senhor Bolo?".

"Ah, menino, essa é uma pergunta muito séria. A verdade é que eu não consigo confiar em mim mesmo."

"Não é verdade. O senhor corta o cabelo muito bem, muito bem mesmo. Melhor do que o Samuel."

"Não é isso o que eu quero dizer. Menino, quando tem um homem sentado numa cadeira na sua frente e você não gosta desse homem e está com uma navalha na mão, pode acontecer um monte de coisas gozadas. Hoje em dia eu só corto o cabelo de pessoas de quem gosto. Não posso cortar o cabelo de qualquer um que apareça."

Embora em 1945 Bolo não acreditasse que a guerra havia terminado, em 1939 ele era um dos maiores alarmistas. Naquela época, ele comprava os três jornais de Port of Spain, o *Trinidad Guardian*, o *Port of Spain Gazette* e o *Evening News*. Quando estourou a guerra e o *Evening News* começou a publicar uns boletins especiais, Bolo comprava também os boletins.

Naquela ocasião, Bolo vivia dizendo: "Tem um bocado de gente por aí que acha que pode sair chutando os outros. Acham que porque a gente é pobre não sabe de nada. Mas eu não caio nessa não, estão ouvindo? Todo dia eu sento e leio meus jornais sem falta".

Bolo tinha especial interesse pelo *Trinidad Guardian*. A certa altura, Bolo comprava uns vinte exemplares daquele jornal todos os dias.

O *Guardian* estava promovendo um concurso chamado A Bola Sumida. Publicavam uma foto de um jogo de futebol em andamento, mas tinham apagado a bola da foto. Para ganhar um monte de dinheiro, bastava a gente assinalar a posição da bola com um X.

Acertar o local da bola sumida virou uma das paixões de Bolo.

Nos primeiros estágios, Bolo se contentava em mandar um X por semana para o *Guardian*.

Era uma empolgação semanal para todos nós.

Hat dizia: "Bolo, aposto que você vai esquecer todos nós quando ganhar o dinheiro. Você vai é embora da Miguel Street, cara, vai comprar um casarão na St Clair, não é?".

Bolo dizia: "Não, eu não quero ficar em Trinidad. Acho que vou para os Estados Unidos".

Bolo começou a assinalar dois X. Depois três, quatro, seis. Não conseguia ganhar um centavo. Estava zangado quase o tempo todo.

Dizia: "Tudo isso não passa de um grande bacanal, entende? A turma lá do jornal já resolveu há muito e muito tempo quem é que vai ganhar o prêmio da semana. O que eles querem é só arrancar todo o dinheiro dos pretos".

Hat disse: "Você não deve desanimar. Tem que tentar outra vez e com mais vontade ainda".

Bolo comprou folhas de papel quadriculado e colocava as folhas em cima da foto da Bola Sumida. Em todos os pontos em que as linhas cruzavam, ele marcava um X. Para fazer aquilo de maneira apropriada, Bolo teve de comprar algo entre cem e cento e cinquenta exemplares do *Guardian* toda semana.

Às vezes, Bolo chamava a mim, Boyee e Errol e dizia: "Escutem aqui, meninos, onde é que vocês acham que está essa bola sumida? Prestem atenção, quero que vocês fechem os olhos e marquem um ponto com este lápis aqui".

E às vezes Bolo perguntava para a gente: "Com o que vocês andaram sonhando esta semana?".

Se a gente respondia que não tinha sonhado nada, Bolo parecia frustrado. Eu inventava sonhos e Bolo os interpretava em relação à posição da bola sumida.

As pessoas começaram a chamar Bolo de "Bola Sumida".

Hat dizia: "Olhem, lá vai o homem da bola sumida".

Um dia, Bolo foi à redação do *Guardian* e deu uma surra no subeditor, antes que pudessem chamar a polícia.

No tribunal, Bolo disse: "A bola não estava sumida, estão ouvindo? Na verdade, não tinha bola nenhuma na foto".

Bolo foi condenado a pagar vinte e cinco dólares.

A *Gazette* publicou uma matéria:

O CASO DA BOLA SUMIDA

Penalidade por uma infração

Ao todo, Bolo gastou mais ou menos uns trezentos dólares tentando localizar a bola sumida e não ganhou sequer um prêmio de consolação.

Foi pouco depois do julgamento de Bolo no tribunal que ele parou de trabalhar de barbeiro todos os dias e também parou de ler o *Guardian*.

Não consigo lembrar agora por que Bolo parou de ler o *Evening News*, mas sei por que parou de ler o *Gazette*.

Durante a guerra, houve uma grande carência de residências em Port of Spain e em 1942 um filantropo veio salvar as pessoas que não tinham onde morar. Ele disse que estava começando um sistema de moradia cooperativa. As pessoas que quisessem tomar parte naquela empresa tinham de depositar uns duzentos dólares e, depois de mais ou menos um ano, ganhariam casas novinhas em folha quase de graça. Vários homens importantes deram sua bênção ao novo sistema e uma porção de jantares foi oferecida para dar uma boa arrancada no projeto.

O projeto foi divulgado com uma publicidade muito forte e cinco ou seis casas foram construídas e entregues para algumas pessoas que tinham participado daqueles jantares. Os jornais traziam fotografias de pessoas enfiando a chave na fechadura e atravessando a soleira da porta.

Bolo via as fotografias e os anúncios no *Gazette* e pagou seus duzentos dólares.

Em 1943, o diretor da Sociedade de Moradia Cooperativa desapareceu e com ele sumiram duas ou três mil casas de sonho.

Bolo parou de ler o *Gazette*.

Foi num domingo do mês de novembro daquele ano que Bolo fez o anúncio para alguns de nós que estávamos sentados embaixo da mangueira, à espera de que Bolo cortasse nosso cabelo.

Ele disse: "Agora vou dizer uma coisa. E que Deus me ajude se algum dia eu faltar com minha palavra, é melhor que eu perca meus dois olhos. Escutem. Parei de ler jornais. Mesmo que eu aprenda chinês, não vou ler jornais chineses, estão ouvindo? Vocês não devem acreditar em nada que leem nos jornais".

Bolo estava cortando o cabelo de Hat naquele instante e Hat se levantou às pressas e foi embora.

Mais tarde, Hat falou: "Sabem o que é que eu acho? A gente tem de parar de cortar cabelo com o Bolo. O homem me deixa assustado de verdade, estão ouvindo?".

A gente nem teve de pensar muito sobre a decisão de Hat, porque alguns dias depois Bolo chegou e disse para nós: "Estou dando uma volta para ver vocês todos, um por um, porque é a última vez que vão me ver".

Parecia tão triste que achei que ele ia chorar.

Hat disse: "O que está pensando em fazer agora?".

Bolo respondeu: "Estou indo embora desta ilha para sempre. Aqui só tem um bando de gente safada".

Eddoes disse: "Bolo, você vai levar seu carrinho de caixote com você?".

Bolo respondeu: "Não. Por quê? Você gosta dele?".

Eddoes disse: "Eu estava pensando. Parece um troço bom para eu usar".

Bolo disse: "Eddoes, pode ficar com meu carrinho de caixote".

Hat disse: "E para onde você vai, Bolo?".

Bolo disse: "Você vai saber depois".

E assim ele nos deixou naquela noite.

Eddoes disse: "Vocês acham que Bolo ficou doido?".

Hat respondeu: "Não. Ele vai para a Venezuela. É por isso que está fazendo segredo. A polícia venezuelana não gosta que gente de Trinidad vá para lá".

Eddoes disse: "Bolo é um homem bom e me dá pena que tenha ido embora. Sabem, tem gente por aí que eu conheço e que vai ficar bem contente por Bolo ter deixado para trás seu carrinho".

Fomos até o quartinho de Bolo naquela mesma noite para pegar toda a tralha de alguma utilidade que ele tivesse deixado para trás. Não havia grande coisa. Um pouco de encerado, dois ou três pentes velhos, um cutelo e um banco. Todos nós estávamos tristes.

Hat falou: "As pessoas tratavam o pobre Bolo muito mal neste país. Não critico Bolo por ter ido embora".

Eddoes estava dando uma busca pelo quarto de um jeito bem prático. Falou: "Mas o Bolo levou tudo, pessoal".

Na tarde seguinte, Eddoes anunciou: "Sabem quanto foi que consegui por aquele carrinho do Bolo? Dois dólares!".

Hat falou: "Você trabalhou bem depressa, não foi, Eddoes?".

E aí vimos Bolo em pessoa andando pela Miguel Street.

Hat disse: "Eddoes, você está em apuros".

Eddoes disse: "Mas foi ele mesmo que me deu o carrinho. Eu não roubei".

Bolo parecia cansado e mais triste do que nunca.

Hat perguntou: "O que aconteceu, Bolo? Você bateu um recorde, cara. Não me diga que foi à Venezuela e já voltou".

Bolo disse: "Essa gente de Trinidad! Essa gente de Trinidad! Não sei por que Hitler não vem aqui e bombardeia todos os filhos da puta que vivem nesta ilha. Ele está bombardeando as pessoas erradas, sabia?".

Hat disse: "Sente-se, Bolo, e conte o que foi que aconteceu".

Bolo disse: "Ainda não. Primeiro tem uma coisa que preciso acertar. Eddoes, cadê o meu carrinho?".

Hat riu.

Bolo disse: "Você está rindo, mas eu não vejo onde é que está a graça. Cadê o meu carrinho, Eddoes? Você acha que pode meter a mão no carrinho dos outros assim sem mais nem menos?".

Eddoes disse: "Seu carrinho, Bolo? Mas você me deu".

Bolo retrucou: "Pois estou pedindo para me devolver".

Eddoes disse: "Eu vendi, Bolo. Olhe aqui os dois dólares que recebi por ele".

Bolo disse: "Mas como você é rápido, cara".

Eddoes estava se levantando.

Bolo disse: "Eddoes, tem uma coisa que vou pedir para você não fazer. Eddoes, eu peço para você não vir cortar o cabelo comigo outra vez, está ouvindo? Não posso confiar em mim mesmo. E trate de ir lá e comprar de volta meu carrinho".

Eddoes se foi, resmungando: "Que mundo mais maluco

este aqui em que as pessoas acham que seus carrinhos de madeira são a coisa mais maravilhosa que existe. Por acaso é igual à minha carrocinha azul e espaçosa?".

Bolo respondeu: "Quando eu puser a mão no ladrão sem-vergonha que levou meu dinheiro e disse que ia me levar para a Venezuela, vou mostrar para ele uma coisa. Sabem o que o homem fez? Andou a noite inteira pilotando sua lancha a motor e depois me deixou num brejo, dizendo que a gente tinha chegado à Venezuela. Vi umas pessoas. Comecei a falar com elas em espanhol, elas balançaram a cabeça e riram. Sabe o que foi que aconteceu? Ele me deixou na própria Trinidad, a cinco ou seis quilômetros de La Brea".

Hat disse: "Bolo, você nem imagina a sorte que teve. Algumas pessoas desse tipo são capazes de matar a gente e jogar no mar, rapaz. Dizem que não querem saber de se meter em confusão com a polícia da Venezuela, entende? É ilegal ir à Venezuela, você sabe".

Depois disso, víamos Bolo muito pouco. Eddoes deu um jeito de trazer de volta o carrinho e me pediu que o levasse para Bolo.

Eddoes disse: "Está vendo por que os pretos não conseguem se dar bem neste mundo? Vocês estavam lá na hora em que ele me deu o carrinho com as próprias mãos e agora aparece querendo o carrinho de volta. Leve o carrinho de volta para ele e avise que o Eddoes disse que ele pode ir para o inferno".

Falei para Bolo: "Eddoes pediu desculpa e está devolvendo seu carrinho".

Bolo respondeu: "Está vendo só como é que são os pretos? São rápidos só para tomar, tomar. Não querem saber de dar. É por isso que os pretos nunca se dão bem".

Falei: "Senhor Bolo, também tem uma coisa que eu peguei, mas estou devolvendo agora. É o encerado. Peguei seu encerado e dei para minha mãe, mas ela me mandou devolver".

Bolo disse: "Tudo bem. Mas, menino, escute aqui, quem é que anda cortando seu cabelo? Sua cabeça parece um ninho de galinha-d'angola".

Respondi: "É o Samuel quem está cortando meu cabelo, senhor Bolo. Mas eu disse para o senhor que ele não sabe cortar. Olha só como ele faz caminhos de rato na minha cabeça".

Bolo disse: "Venha no domingo, vou cortar seu cabelo".

Hesitei.

Bolo disse: "Está com medo? Não seja tolo. Eu gosto de você".

Então fui lá no domingo.

Bolo disse: "Como é que estão indo suas aulas?".

Eu não quis me vangloriar.

Bolo disse: "Tem uma coisa que eu quero que você faça para mim. Mas não tenho certeza de que devo pedir".

Falei: "Mas peça, senhor Bolo. Faço qualquer coisa pelo senhor".

Ele disse: "Não, pode deixar. Vou falar com você na próxima vez que vier aqui".

Um mês depois, fui de novo e Bolo disse: "Você sabe ler?".

Respondi que sabia.

Ele falou: "Bem, é uma coisa secreta que ando fazendo. Não quero que ninguém saiba. Você é capaz de guardar um segredo?".

Respondi: "Sim, eu posso guardar um segredo".

"Um velho feito eu não tem muito motivo para viver", disse Bolo. "Um velho feito eu, que mora sozinho, tem de ter alguma razão para viver. É por isso que estou fazendo isso que vou te contar."

"O que é, senhor Bolo?"

Ele parou de cortar meu cabelo e pegou uma folhinha de papel impressa de dentro do bolso da calça.

Falou: "Sabe o que é isto aqui?".

Respondi: "É um bilhete da loteria da corrida de cavalos".

"Certo. Você é esperto, rapaz. De fato, é mesmo um bilhete da loteria da corrida de cavalos."

Falei: "Mas o que é que o senhor quer que eu faça, senhor Bolo?".

Ele disse: "Primeiro, você tem de prometer que não vai contar para ninguém".

Dei minha palavra de honra.

Ele disse: "Quero que você descubra se o número vai ser premiado".

O sorteio aconteceu umas seis semanas depois e procurei o número de Bolo na lista dos premiados. Falei para ele: "Seu número não foi premiado, senhor Bolo".

Ele disse: "Não chegou nem perto?".

Balancei a cabeça.

Mas Bolo não pareceu desapontado. "Eu já esperava mesmo por isso", comentou.

Durante quase três anos, aquele foi o nosso segredo. E ao longo de todos aqueles anos, Bolo comprou bilhetes da loteria da corrida de cavalos e nunca ganhou. Ninguém sabia de nada e até quando Hat ou outra pessoa dizia para ele: "Bolo, eu sei de uma coisa que você bem que podia experimentar. Por que não tenta a loteria da corrida de cavalos?". Bolo respondia: "Já estou cheio desse tipo de coisa, cara".

Na festa de Natal de 1948, o número de Bolo foi sorteado. Não era um prêmio grande, só uns trezentos dólares.

Corri ao quarto de Bolo e disse: "Senhor Bolo, o número foi premiado".

A reação de Bolo não foi a que eu esperava. Ele disse: "Escute, menino, você agora já veste calça comprida, não é? Mas não me faça de bobo não, senão vou dar uma surra em você".

Falei: "Mas foi premiado mesmo, senhor Bolo. É verdade".

Ele disse: "E como é que você pode saber que foi premiado?".

Falei: "Eu vi nos jornais".

Ao ouvir isso, Bolo ficou irritado para valer e me agarrou pelo colarinho. Berrou: "Quantas vezes eu vou ter de dizer para você, seu moleque filho da mãe, que não deve acreditar em tudo o que lê nos jornais?".

Então eu fui conferir no Clube de Turfe de Trinidad.

Falei para Bolo: "É mesmo verdade". Bolo se recusou a acreditar.

Ele disse: "Essa gente de Trinidad só sabe contar mentira e mais mentira. É só isso que eles sabem fazer: mentir e mais nada. Pois eles podem até enganar você, menino, mas a mim não enganam".

Fui dizer para os homens na rua: "Bolo está louco varrido. O homem ganhou trezentos dólares e não quer acreditar".

Um dia Boyee disse para Bolo: "Ei, Bolo, então você ganhou na loteria da corrida de cavalos, é?".

Bolo saiu correndo atrás de Boyee, berrando: "Quer bancar o engraçadinho comigo, não é? Quer gozar da cara de um velho que podia ser seu avô?".

E quando Bolo me viu, falou: "Então é assim que você guarda um segredo? É assim que você guarda um segredo, não é? Mas por que todos vocês de Trinidad são desse jeito, afinal?".

E empurrou seu carrinho até a casa do Eddoes, dizendo: "Eddoes, você quer o meu carrinho, não é? Pronto, tome aqui, pode ficar com ele".

E começou a fazer o carrinho em mil pedaços com seu cutelo.

Para mim, ele gritou: "As pessoas acham que podem me fazer de bobo".

E pegou o bilhete da loteria e rasgou. Correu para mim e jogou os pedacinhos dentro do bolso da minha camisa.

* * *

Depois disso ele viveu isolado em seu quartinho, raramente saía para a rua, nunca falava com ninguém. Uma vez por mês, ia pegar sua aposentadoria.

15. Até os soldados chegarem

Edward, irmão de Hat, era um homem de muitos talentos e sempre achei muito triste o fato de ele ter perdido o contato com a gente. Edward ajudava Hat a cuidar das vacas quando eu o conheci e, como Hat, parecia bem resolvido e bastante feliz. Dizia que não queria mais saber de mulheres e se concentrava no críquete, no futebol, no boxe, nas corridas de carros e nas brigas de galo. Desse jeito, nunca se chateava e não tinha nenhuma grande ambição capaz de deixá-lo infeliz.

Assim como Hat, Edward tinha a beleza em alta conta. Mas Edward não colecionava pássaros nem penas bonitas, como Hat. Edward pintava.

Seu tema predileto era uma mão marrom que segurava uma mão negra. E quando Edward pintava uma mão marrom, era uma mão marrom. Nada de bobagens sobre luz e nuances. E o mar era um mar azul e as montanhas eram verdes.

Edward montava suas pinturas sozinho e as emoldurava num passe-partout vermelho. As grandes lojas de departamentos,

Salvatori, Fogarty e Johnson, vendiam as obras de Edward em consignação.

Para a rua, Edward era uma espécie de ameaça.

Ele via a senhora Morgan com um vestido novo e dizia: "Ah, senhora Morgan, que vestido bonito a senhora está usando, mas acho que ficaria melhor com algum tipo de enfeite".

Ou então via Eddoes com uma camisa nova e dizia: "Eh, eh, Eddoes, está usando uma camisa nova, rapaz. É melhor escrever seu nome na camisa, sabia? Senão um dia desses alguém pode vir e pegar rapidinho sua camisa. Vou lhe dizer uma coisa: eu mesmo vou escrever seu nome para você".

Desse jeito ele acabava estragando uma porção de peças de roupa.

Também tinha o costume de distribuir gravatas que ele mesmo havia enfeitado. Dizia: "Tenho aqui uma coisa para você. Tome e vista. Estou dando para você porque gosto de você".

E se não usassem a gravata, Edward se zangava e começava a gritar: "Estão vendo como é que os pretos são uma gente ingrata? Escutem só. Vi que esse homem não estava usando gravata. Peguei o ônibus e fui até a cidade. Andei até a loja Johnson e procurei a seção de roupas chiques. Falei com uma garota e comprei uma gravata. Peguei o ônibus e voltei para casa. Entrei no meu quarto, peguei meu pincel e abri a lata de tinta. Enfiei o pincel na tinta e pus o pincel na gravata. Gastei duas ou três horas fazendo isso e depois de todo esse trabalho o homem ainda nao usa minha gravata".

Mas Edward fazia muitas outras coisas além de pintar.

Um dia, não muitos meses depois de eu ter vindo para a rua, Edward falou: "Na hora em que eu estava voltando de ônibus de Cocorite noite passada, fiquei só ouvindo a roda do ônibus esmagando as cascas dos caranguejos. Sabem aquele lugar perto dos coqueiros e do brejo? Pois é, lá agora tem um monte de caranguejos rastejando para tudo que é lado. O pessoal diz até que eles estão subindo nos coqueiros".

Hat disse: "É que eles saem mesmo do brejo aos montes quando tem lua cheia. Vamos hoje à noite pegar uns desses caranguejos que o Edward viu".

Edward disse: "Era isso mesmo que eu ia dizer. Vamos ter de levar os meninos, porque tem tanto caranguejo, mas tanto caranguejo, que até eles vão poder pegar um monte".

Então nós, os meninos, fomos convidados.

Edward falou: "Hat, eu estava pensando. Vai ser um bocado mais fácil pegar os caranguejos se a gente levar uma pá. Tem tanto caranguejo que a gente podia apanhar os bichos com uma pá".

Hat respondeu: "Tudo bem. Vamos pegar a pá que uso no meu curral".

Edward disse: "Essa serve. Mas escutem, vocês todos têm sapatos resistentes? Porque é melhor ir com uns sapatos bem resistentes, sabem, porque os caranguejos que tem lá não são de brincadeira e, se a gente não tomar cuidado, os bichos logo arrancam o dedão da gente e vão embora com ele preso naquelas pinças, antes que a gente perceba o que está acontecendo".

Hat disse: "Eu vou usar aquelas perneiras que ponho quando vou limpar meu curral".

Edward disse: "E é melhor pôr luvas também. Sei de um homem que estava pegando caranguejos um dia e de repente viu a própria mão direita andando para longe pelo chão. Quando olhou melhor, viu que tinham quatro ou cinco caranguejos levando sua mão embora. O homem deu um pulo e começou a berrar. Então a gente precisa tomar muito cuidado. Se vocês, meninos, não tiverem luvas, é melhor enrolar uns panos nas mãos. Assim já dá para aguentar".

E então, tarde da noite, entramos todos no ônibus para Cocorite, Hat de perneiras, Edward com as perneiras dele, e o resto de nós levando cutelos e uns sacos grandes, marrons.

A pá que Hat levava ainda fedia a curral e as pessoas começaram a torcer o nariz.

Hat falou: "Deixe que eles sintam o cheiro. Na hora em que a vaca dá o leite, todo mundo quer beber".

As pessoas olhavam para as perneiras, para os cutelos, para a pá e para os sacos e desviavam os olhos depressa. Pararam de falar. O cobrador não cobrou nossas passagens. O ônibus ficou em silêncio, até que Edward começou a falar.

Edward disse: "A gente precisa tentar não usar o cutelo. Não é bonito matar. Vamos tentar pegar os caranguejos vivos e pôr dentro do saco".

Muita gente desceu no ponto seguinte. Na hora em que o ônibus chegou à estrada de Mucurapo, os únicos passageiros éramos nós. O cobrador estava em pé na frente e conversava com o motorista.

Pouco antes da gente desembarcar no ponto final em Cocorite, Edward disse: "Ah, meu Deus, eu sabia que estava esquecendo uma coisa. Não vai dar para levar todos os caranguejos num ônibus. Vou ter de telefonar e arranjar uma van".

Ele desceu uma parada antes do ponto final.

Caminhamos um pouco sob o luar brilhante, saímos da estrada e entramos no brejo. Um vento cansado soprava, vindo do mar, e o cheiro azedo da água estava em toda parte. Embaixo dos coqueiros, estava escuro. Caminhamos mais um pouco para dentro do brejo. Uma nuvem encobriu a lua e o vento desceu.

Hat perguntou: "Meninos, vocês estão bem? Tomem cuidado com os pés. Não quero que nenhum de você acabe voltando para casa só com três dedos".

Boyee disse: "Mas não estou vendo caranguejo nenhum".

Dez minutos depois, Edward juntou-se a nós.

Falou: "Quantos sacos já encheram?".

Hat respondeu: "Parece que um monte de gente teve a mesma ideia que nós, veio aqui e levou todos os caranguejos".

Edward disse: "Bobagem. Você não está vendo que a lua não está aparecendo? A gente tem de esperar que a lua saia, para então os caranguejos saírem também. Sentem-se, meninos, vamos esperar".

A lua continuou encoberta durante meia hora.

Boyee disse: "Está fazendo frio e eu quero ir para casa. Acho que aqui não tem caranguejo nenhum".

Errol disse: "Não liguem para o Boyee. Eu conheço ele. Está só com medo do escuro e com medo de que o caranguejo morda seu pé".

Naquele momento, ouvimos um rumor ao longe.

Hat disse: "Parece que a van está vindo".

Edward disse: "Na verdade não tem van nenhuma. Pedi para o Sam mandar um caminhão grande".

Ficamos sentados em silêncio esperando que a lua aparecesse. Então umas doze lanternas acenderam em volta da gente. Alguém gritou: "A gente não está a fim de confusão. Mas se algum de vocês se meter a engraçadinho vai levar uma tremenda surra".

Vimos o que parecia um esquadrão de policiais, que nos cercaram.

Boyee começou a chorar.

Edward disse: "Tem marido por aí batendo na mulher. Tem gente por aí assaltando a casa dos outros. Por que vocês da polícia não vão gastar seu tempo fazendo alguma coisa razoável, hein? Só para variar".

Um policial falou: "Por que não cala essa boca? Quer que eu corte sua língua?".

Outro policial disse: "O que é que vocês têm nesses sacos?".

Edward falou: "Só caranguejos. Mas tomem cuidado. São uns caranguejos grandes e eles podem morder a mão de vocês".

Ninguém olhou dentro dos sacos e então um homem com uma porção de listras no ombro disse: "Todo mundo anda bancando o homem mau hoje em dia. Todo mundo anda sempre com uma resposta esperta na ponta da língua, que nem os americanos".

Um policial falou: "Eles têm sacos, têm cutelos, têm pá, têm luvas".

Hat falou: "A gente estava pegando caranguejos".

O policial disse: "Com uma pá? Eh, eh, por acaso você é Deus ou sei lá o que e agora criou um novo tipo de caranguejo que se pega com uma pá?".

Foi preciso um bocado de conversa para que os policiais acreditassem na nossa história.

O policial no comando disse: "Eu não vejo a hora de pôr as mãos no filho da mãe que telefonou e disse que vocês iam matar alguém".

Então os policiais foram embora.

Era tarde e a gente tinha perdido o último ônibus.

Hat falou: "É melhor a gente esperar o caminhão que o Edward chamou".

Edward disse: "Alguma coisa me diz que agora o caminhão não vem mais".

Hat falou, bem devagar, meio rindo, meio sério: "Edward, você é meu irmão, mas você sabe que é um tremendo filho da mãe, não sabe?".

Edward sentou-se e ficou apenas rindo sem parar.

Então veio a guerra. Hitler invadiu a França e os americanos invadiram Trinidad. E o compositor de calipsos Lorde Invasor fez um grande sucesso com seu novo calipso:

Eu vivia com minha esposa honesta e feliz
Até os soldados chegarem e acabarem com minha alegria.

Pela primeira vez em Trinidad, havia trabalho para todo mundo e os americanos pagavam bem. Invasor cantava:

Pai, mãe e filha
Trabalhando para o dólar ianque!
Dinheiro na terra!
O dólar ianque, ah!

Edward parou de trabalhar no curral e arranjou um emprego com os americanos, em Chaguaramas.

Hat falou: "Edward, acho besteira você fazer isso. Os americanos não vão ficar aqui para sempre. Não tem o menor sentido largar tudo e ir trabalhar para ganhar muito dinheiro para depois de uns três ou quatro anos ficar sem ter o que comer".

Edward disse: "Essa guerra parece que vai durar um bocado de tempo. E os americanos não são como os ingleses, entende? Eles fazem a gente trabalhar pesado, é verdade, mas pagam bem por isso".

Edward vendeu sua parte das vacas para Hat e aquilo assinalou o início de seu afastamento de nós.

Edward rendeu-se completamente aos americanos. Começou a usar roupas ao jeito dos americanos, passou a mascar chiclete e tentava falar com sotaque americano. A gente não via muito o Edward, a não ser nos domingos, e aí ele fazia a gente se sentir pequeno, inferior. Ficou muito exigente com sua roupa e passou a usar uma correntinha de ouro no pescoço. Começou a usar umas tiras nos pulsos, para imitar o estilo dos jogadores de tênis. Aquelas tiras no pulso estavam entrando na moda entre os homens jovens que queriam andar mais elegantes em Port of Spain.

Edward não desistiu de pintar, mas já não se oferecia para pintar coisas para a gente e acho que a maioria das pessoas ficou aliviada com isso. Ele entrou nuns concursos de cartazes e, quando viu que seus desenhos não tinham ganhado sequer um prêmio de consolação, ficou muito revoltado com Trinidad.

Num domingo, ele disse: "Foi burrice minha mandar uma coisa que pintei com as próprias mãos para ser julgada por gente de Trinidad. Afinal, o que é que eles sabem? Agora, se eu estivesse nos Estados Unidos, ia ser diferente. Os americanos é que são gente. Eles sabem das coisas".

Quando a gente ouvia Edward falar, tinha a impressão de que os Estados Unidos eram um país gigantesco habitado por gigantes. Moravam em casas enormes e andavam nos maiores carros do mundo.

Edward dizia: "Olhe só a Miguel Street. Nos Estados Unidos você acha que eles têm ruas assim estreitinhas? Nos Estados Unidos esta rua não passava de uma calçada".

Certa noite, eu estava andando com Edward para Docksite, onde ficava o acampamento do exército americano. Através do arame farpado, dava para ver a enorme tela de um cinema ao ar livre.

Edward falou: "Está vendo só o tipo de cinema que eles constroem num lugarzinho besta feito Trinidad? Agora imagine o tipo de cinema que eles têm lá nos Estados Unidos".

E a gente continuou a andar um pouco mais, até que chegamos a um sentinela, dentro de sua guarita.

Edward usou o seu melhor sotaque americano e disse: "O que está cozinhando, Joe?".

Para minha surpresa, o sentinela, com o olhar bravo por baixo do capacete, respondeu e num instante Edward e o sentinela estavam conversando à vontade e cada um tentava falar mais palavrões do que o outro.

Quando Edward voltou para Miguel Street, começou a contar vantagem e me disse: "Conte só para eles. Conte para eles como é que me dou bem com os americanos".

E quando ele encontrou Hat, falou: "Uma noite eu estava conversando com um americano, grande amigo meu, e ele me contou que, assim que os americanos entrarem na guerra, ela vai terminar".

Errol disse: "Não é que a gente quer ganhar a guerra. Assim que nomearem lorde Anthony Eden para o cargo de primeiro-ministro, a guerra vai terminar rapidinho".

Edward disse: "Cale a boca, moleque".

Mas a maior mudança de todas foi na maneira como Edward falava das mulheres. Até então ele dizia que não queria nunca mais saber de mulheres na vida. Inventou que seu coração tinha sido partido muito tempo antes e ele tinha feito um juramento. Era uma história vaga e trágica.

Mas agora, aos domingos, Edward dizia: "Vocês deviam ver o tipo de mulher que eles têm lá na base. Nada dessas garotas burras de Trinidad, entende? Não, meu velho, nada disso. Garotas com estilo, garotas com classe de verdade".

Acho que foi Eddoes quem disse: "Mas você não precisa ficar preocupado. Elas não vão se misturar com você, essas garotas. Querem americanos grandalhões. Você está a salvo".

Edward chamou Eddoes de palhaço e foi embora enraivecido.

Começou a fazer exercícios com halteres e também nisso Edward estava andando na última moda. Não sei o que aconteceu em Trinidad naquela época, mas todos os rapazes de repente ficaram obcecados pelo ideal de beleza corporal e havia competições de cultura física quase todo mês. Hat se consolava dizendo: "Não tem importância. Tudo isso é só um monte de carne velha, entende? Eles dizem que estão ganhando músculos e mais músculos. Pois deixe que esfriem um pouco e vamos ver o que vai acontecer. Todo esse troço que eles chamam de músculo vai virar gordura, entende?".

Eddoes disse: "É a coisa mais engraçada que se pode imaginar. Nas leiterias da Philip Street, o que a gente vê hoje em dia é uma fila de homens pretos sentados na frente do balcão tomando leite em garrafas de um litro. Todos vestem camisetas sem manga para deixar à mostra os braços grandes".

Em três meses, Edward apareceu na nossa frente vestido numa camiseta sem manga. Tinha virado um homem grande mesmo.

Num instante começou a falar das mulheres da base que andavam atrás dele.

Dizia: "Não sei o que elas veem em mim".

Alguém teve a ideia de organizar um concurso de Talentos Locais em Desfile e Edward disse: "Não me façam rir. Que tipo de talento eles acham que tem aqui em Trinidad?".

O primeiro espetáculo foi transmitido pelo rádio e todo mundo escutou o programa na casa de Eddoes. Edward ficou rindo o tempo todo.

Hat falou: "Por que você mesmo não experimenta cantar, então?".

Edward respondeu: "Cantar para quem? Para o povo de Trinidad?".

Hat falou: "Faça uma caridade para eles".

E, para surpresa de todo mundo, Edward começou a cantar e chegou uma hora em que Hat teve de dizer: "Eu simplesmente não consigo morar na mesma casa que o Edward. Acho que ele vai ter de se mudar".

Edward se mudou, mas não se mudou para muito longe. Continuou na nossa parte da Miguel Street.

Ele disse: "É bom. Eu estava ficando cansado do cheiro de vaca".

Edward foi a um dos programas de Talentos Locais e, apesar de tudo, torcemos para que ele ganhasse algum prêmio. O programa era patrocinado por uma fábrica de biscoito e acho que o vencedor ganhava algum dinheiro.

"Para os outros, eles dão um pacote de biscoito de trinta e um centavos", disse Hat.

Edward ganhou um pacote de biscoitos.

Mas não trouxe o pacote para casa. Jogou fora.

Falou: "Joguei fora. Por que não devia jogar fora? Olhe só, é bem aquilo que eu sempre digo para vocês. O povo aqui de Trinidad não sabe o que é bom. Eles nasceram burros, só isso. Lá na base, tem uns americanos que *pedem de joelhos* para eu cantar. Eles sabem o que é bom e o que não é. Noutro dia, enquanto eu estava trabalhando e cantando na base, o coronel veio e me disse que eu tinha uma voz bonita. Ficou implorando para eu ir para os Estados Unidos".

Hat falou: "E então por que não vai?".

Edward respondeu com brutalidade: "Me dê um tempo. Espere só para ver se eu não vou mesmo".

Eddoes disse: "E aquelas mulheres todas que andavam atrás de você? Continuam na sua cola ou já te deixaram para lá?".

Edward respondeu: "Escute aqui, Joe, não quero ter de engrossar com você não. Faça o favor de ficar de bico fechado".

Quando Edward trazia uns amigos americanos para sua casa, fingia que não conhecia a gente e era engraçado ver como falava com eles, com os braços do jeito americano, soltos do lado do corpo, feito os braços de um gorila.

Hat disse: "Ele está gastando todo o dinheiro que ganha com rum e aguardente, pagando bebidas para esses americanos".

De certo modo, suponho, todos nós tínhamos inveja dele.

Hat começou a dizer: "Não é difícil arranjar trabalho com os americanos. Só que eu não quero ter um patrão, só isso. Gosto de ser meu próprio patrão".

Edward não se misturava muito com a gente agora.

Um dia ele chegou com uma cara triste e disse: "Hat, parece que vou ter de casar".

Falou com sotaque de Trinidad.

Hat fez cara de preocupação. Disse: "Por quê? Por quê? Por que você vai ter de casar?".

"Ela está esperando um bebê."

"Que coisa mais engraçada para dizer. Se todo mundo casasse só porque a mulher está esperando um filho, o mundo ia virar um inferno. O que aconteceu que agora você quer ser diferente de todo mundo em Trinidad? Será que você ficou tão americano assim?"

Edward levantou pela cintura suas calças justas de estilo americano e fez uma cara igual à de um ator de filme americano. Falou: "Você sabe todas as respostas, não é? Essa garota é diferente. É claro que me apaixonei uma ou talvez duas vezes antes, mas essa menina é diferente".

Hat perguntou: "Ela vale mesmo a pena?".

Edward respondeu: "Vale".

Hat disse: "Edward, você é um homem adulto. Está claro que você já tomou a decisão de casar com essa garota. Então por que fala comigo como se eu tivesse de obrigar você a casar com ela? Você já é adulto. Não tem de vir falar comigo para pedir permissão para fazer isso ou aquilo".

Quando Edward saiu, Hat falou: "Toda vez que Edward me vem com uma mentira, fica igual a um menino. Ele não consegue mentir para mim. Mas se casar com essa garota, apesar de eu nem ter visto a mulher, tenho a sensação de que ele vai se arrepender pelo resto da vida".

A esposa de Edward era uma mulher alta e magra, de pele branca. Parecia muito pálida e eternamente indisposta. Andava como se cada passo lhe custasse um grande esforço. Edward fazia muito alarde a respeito dela e nunca nos apresentou à mulher.

As mulheres da rua não perderam tempo para fazer logo um julgamento.

A senhora Morgan disse: "Ela já nasceu encrenqueira, essa mulher. Tenho pena do Edward. Ele se meteu numa tremenda embrulhada".

A senhora Bhakcu disse: "Ela é uma dessas garotas modernas. Querem que o marido trabalhe o dia inteiro e depois venha para casa para cozinhar, lavar a roupa e fazer a faxina. A única coisa que sabem fazer é pôr pó de arroz e ruge na cara e andar balançando o traseiro".

E Hat disse: "Mas como é que ela pode estar esperando um bebê? Não estou vendo nada".

Edward deixou nosso círculo completamente.

Hat falou: "Ela está fazendo o Edward comer o pão que o diabo amassou".

E um dia Hat gritou do outro lado da rua para Edward: "Joe, venha cá um momento".

Edward se mostrou muito aborrecido. Perguntou com sotaque de Trinidad: "O que é que você quer?".

Hat sorriu e falou: "Cadê esse bebê? Quando é que vai chegar?".

Edward perguntou: "E para que diabos você quer saber desse assunto?".

Hat respondeu: "Eu tinha de ser um tio muito desnaturado para não ter nenhum interesse pelo meu próprio sobrinho".

Edward disse: "Ela não vai mais ter bebê nenhum".

Eddoes disse: "Quer dizer que ela estava só tirando onda com você?".

Hat falou: "Edward, você está mentindo. Você inventou toda essa história desde o início. Ela não ia ter bebê nenhum e você sabia disso. Ela não falou para você que ia ter um bebê e você também sabe disso. Se queria se casar com uma mulher, por que você teve de fazer toda essa confusão?".

Edward pareceu muito triste. "Se quer saber a verdade, eu acho que ela não pode ter um filho."

E quando aquela notícia se espalhou entre as mulheres da rua, todas disseram o que minha mãe disse.

Ela disse: "Como é que se pode querer que gente pálida e cor-de-rosa tenha filhos?".

Embora não tivéssemos nenhum indício, e embora a casa de Edward ainda estivesse movimentada com os americanos, a gente tinha a sensação de que nem tudo andava bem entre Edward e sua esposa.

Numa sexta-feira, na hora em que estava escurecendo, Edward veio correndo falar comigo e disse: "Largue essa besteira que está lendo aí e vá chamar a polícia".

Perguntei: "Polícia? Mas como é que vou conseguir chamar a polícia assim sem mais nem menos?".

Edward disse: "Sabe andar de bicicleta?".

Respondi: "Sei".

Edward perguntou: "Sua bicicleta tem lanterna?".

Respondi: "Não".

Edward disse: "Então vá de bicicleta mesmo sem lanterna. Você vai acabar achando um policial".

Perguntei: "E quando eu achar esse policial, o que é que vou dizer para ele?".

Edward respondeu: "Ela tentou se matar de novo".

Antes que eu conseguisse pedalar até a Ariapita Avenue, já havia encontrado não um, mas dois policiais. Um deles era sargento. Ele disse: "Você estava pensando em ir bem longe, não é?".

Falei: "Era o senhor mesmo que eu estava procurando".

O outro policial riu.

O sargento falou para ele: "Ele é esperto, não é? Tenho a impressão de que até o juiz vai gostar dessa desculpa. Essa é novidade e até eu gostei".

Falei: "Venham depressa. A esposa do Edward tentou se matar de novo".

O sargento falou: "Ah, essa esposa do Edward vive tentando se matar, não é?". E riu. Acrescentou: "E onde foi que a esposa do Edward tentou se matar dessa vez, hein?".

Respondi: "Logo ali, um pouco abaixo na Miguel Street".

O guarda disse: "Ele é esperto mesmo, sabia?".

O sargento falou: "Está muito bem. Deixamos o menino aqui enquanto procuramos alguém que tentou se matar não sei onde. Ora, deixe de conversa fiada, menino. Onde está a licença da sua bicicleta?".

Respondi: "Mas é verdade o que estou dizendo. Eu vou voltar junto com vocês e vou mostrar qual é a casa".

Edward estava à nossa espera. Falou: "Você levou um tempo desgraçado para conseguir só dois guardas?".

Os guardas entraram na casa com Edward e uma pequena multidão se formou na calçada.

A senhora Bhakcu falou: "É o que eu já estava esperando. Desde o início eu sabia que ia terminar desse jeito".

A senhora Morgan disse: "A vida é uma coisa engraçada. Eu gostaria de ser que nem ela e não poder ter filhos. E agora essa mulher está querendo se matar porque não pode ter filhos".

Eddoes perguntou: "Como é que vocês sabem que é por isso ela quis se matar?".

A senhora Morgan sacudiu o ombro gordo: "Por que mais pode ser?".

A partir daí passei a sentir pena de Edward porque os homens e as mulheres da rua não davam a ele a menor chance. E por mais que Edward promovesse em sua casa grandes festas para os americanos, dava para ver que ele ficava abalado quando Eddoes gritava: "Por que não leva sua esposa para os Estados Unidos de uma vez, rapaz? Aqueles médicos americanos são espertos feito o diabo, sabia? São capazes de fazer qualquer coisa". Ou quando a senhora Bhakcu sugeriu que ela devia fazer um exame de sangue na Comissão de Medicina do Caribe, no final da Ariapita Avenue.

As festas na casa de Edward ficaram cada vez mais agitadas e mais extravagantes. Hat falou: "Toda festa chega ao fim e as pessoas têm de voltar para casa. Edward só está ficando cada vez mais infeliz".

As festas sem dúvida não estavam deixando a esposa de Edward mais feliz. Ainda parecia frágil e rabugenta e agora a gente às vezes ouvia Edward levantar a voz e brigar com ela. Não era o tipo comum de briga entre marido e mulher que a gente conhecia na rua. Edward parecia exasperado, mas ansioso para deixá-la contente.

Eddoes disse: "Eu queria só ver se a mulher com quem eu casasse tentasse se comportar desse jeito. Puxa, eu ia dar uma boa surra e aí ela ia andar na linha direitinho, que nem um trem".

Hat falou: "Edward está tendo o que ele mesmo pediu. E o

mais maluco de tudo é que eu acredito que Edward ama mesmo o raio dessa mulher".

Edward conversava com Hat, Eddoes e os outros adultos, quando vinham falar com ele, mas quando nós, os meninos, tentávamos conversar com ele, Edward não tinha a menor paciência. Ameaçava bater na gente e assim nós o deixávamos em paz.

Mas toda vez que Edward passava, Boyee, atrevido e tolo como sempre, falava com sotaque americano: "E aí, Joe?".

Edward parava e olhava de cara feia para Boyee e depois partia para cima dele, gritando, dizendo palavrões. Em geral, falava assim: "Estão vendo só como é que se comportam as crianças de Trinidad? O que esse moleque está querendo é levar uma boa surra".

Um dia, Edward alcançou Boyee e começou a bater nele com uma varinha no traseiro.

A cada golpe, Boyee gritava: "Não, Edward".

E Edward ficava mais enlouquecido ainda.

Até que Hat apareceu e disse: "Edward, ponha esse garoto no chão neste minuto, senão vai haver a maior confusão na rua. Ponha o menino no chão, estou mandando. Não tenho medo de seus braços fortes, você sabe muito bem".

Os homens na rua tiveram de apartar a briga

E quando Boyee se viu livre, gritou para Edward: "Por que você não tem seu próprio filho para bater nele?".

Hat disse: "Boyee, vou lhe dar uma surra agora mesmo. Errol, vá cortar uma varinha de bambu para mim".

Foi o próprio Edward quem deu a notícia.

Disse: "Ela me deixou". Falou num tom muito natural.

Eddoes respondeu: "Que pena, lamento muito, Edward".

Hat disse: "Edward, meu rapaz, o que não tem de ser não é".

Edward parecia não estar prestando muita atenção.

Então Eddoes continuou: "Desde o início eu não gostei dela e acho que um homem não devia se casar com uma mulher que não pode ter filhos...".

Edward falou: "Eddoes, cale essa sua boca. E você também, Hat, não precisa me oferecer suas condolências de mentira. Sei como vocês todos estão tristes, tão tristes que têm até vontade de rir".

Hat falou: "Mas quem está rindo? Escute aqui, Edward, vá soltar sua raiva para cima de quem você quiser, está ouvindo? Mas me deixe em paz, está bem? Afinal, não tem nada de estranho que uma esposa vá embora de casa. É que nem o calipso que o Invasor canta:

Eu vivia com minha esposa honesta e feliz
Até os soldados chegarem e acabarem com minha alegria.

Não é culpa sua, é culpa dos americanos".

Eddoes disse: "Você sabe com quem ela fugiu?".

Edward perguntou: "Por acaso você me ouviu dizer que ela fugiu com alguém?".

Eddoes respondeu: "Não, você não falou isso, mas me deu essa impressão".

Edward falou em tom triste: "Pois é, ela fugiu. Com um soldado americano. E quanto rum eu dei para ele beber".

Mas depois de alguns dias Edward corria para lá e para cá contando para todo mundo o que havia acontecido e dizia: "Foi muito bom. Eu não queria mesmo uma mulher que não pode ter filhos".

E dessa vez ninguém caçoou do americanismo de Edward e acho que estávamos todos dispostos a recebê-lo de volta em nosso círculo. Só que na verdade ele não estava interessado. A gente quase não o via na rua. Quando não estava trabalhando, estava fora, em alguma excursão.

Hat disse: "É amor mesmo o que ele sente por ela. Edward está atrás dela".

No calipso composto por Lorde Invasor, o cantor perde a esposa para os americanos e, quando vai implorar que ela volte para casa, ela responde:

Invasor, mudei de ideia,
Agora estou vivendo com meu soldado ianque.

Foi exatamente isso o que aconteceu com Edward.

Ele voltou muito mal-humorado. Estava arrasado. Falou: "Vou embora de Trinidad".

Eddoes perguntou: "Para onde vai? Para os Estados Unidos?".

Edward quase partiu a cara de Eddoes.

Hat falou: "Mas como é que você pode deixar que uma mulher estrague sua vida desse jeito? Está se comportando como se você fosse o primeiro homem com quem acontece uma coisa dessas".

Mas Edward não queria nem ouvir.

No final do mês, vendeu sua casa e foi embora de Trinidad. Acho que foi para Aruba ou para Curaçao, para trabalhar na grande empresa petrolífera holandesa.

Alguns meses depois, Hat falou: "Sabe o que ouvi dizer? A esposa de Edward teve um bebê com seu americano".

16. Hat

Hat adorava fazer mistério com as coisas mais ínfimas. Sua relação com Boyee e com Errol, por exemplo. Para os estranhos, ele contava que os dois eram seus filhos ilegítimos. Às vezes dizia que não tinha certeza se eram mesmo seus filhos e inventava uma história incrível sobre uma mulher com quem ele e Edward viviam ao mesmo tempo. Às vezes Hat inventava que os dois eram filhos dele, de um casamento antigo, quando era muito moço, e a gente tinha até vontade de chorar quando ouvia Hat contar como a mãe dos meninos juntou os dois diante do seu leito de morte e fez os meninos jurarem que iam ser bons garotos.

Levei um tempo para descobrir que Boyee e Errol eram na verdade sobrinhos de Hat. A mãe deles, que morava no mato, perto de Sangre Grande, morreu pouco depois da morte do marido e os garotos vieram morar com Hat.

Os meninos demonstravam pouco respeito por Hat. Nunca o chamavam de tio, só de Hat; e, por sua vez, não se importavam nem um pouco quando Hat dizia que eram seus filhos ilegítimos.

Na verdade, se dispunham a confirmar qualquer história que Hat inventasse a respeito do nascimento deles.

Conheci Hat quando ele se ofereceu para me levar para assistir ao jogo de críquete no Estádio Oval. Logo descobri que ele tinha convidado também outros onze meninos de quatro ou cinco ruas em volta e ia levar todos eles para ver o jogo.

Fizemos a fila na bilheteria e Hat contou os meninos em voz alta. Falou: "Uma inteira e doze meias".

Muita gente parou o que estava fazendo só para olhar.

O bilheteiro perguntou: "Doze meias?".

Hat olhou para seus sapatos e disse: "Doze meias".

Fomos motivo de grande agitação quando nós treze, com Hat à frente, andamos em fila em torno do campo em busca de um lugar para sentar.

As pessoas gritavam: "São todos seus, moço?".

Hat sorria, de leve, e fazia as pessoas acreditarem que era aquilo mesmo. Quando nos sentamos, ele fez questão de nos contar um por um em voz alta outra vez. Disse: "Quando eu voltar para casa, não quero que a mãe de vocês arrume confusão dizendo que tem algum faltando".

Era o último dia da última partida entre Trinidad e Jamaica. Gerry Gomez e Len Harbin estavam fazendo muitos pontos para Trinidad e, quando Gomez alcançou cento e cinquenta, Hat enlouqueceu, ficou dançando e pulando, enquanto gritava: "Os brancos são Deus, estão ouvindo?".

Uma mulher que vendia refrescos passou na nossa frente.

Hat perguntou: "Por quanto está vendendo cada copo desse negócio?".

A mulher respondeu: "Seis centavos o copo".

Hat disse: "Quero comprar ao preço de atacado. Quero treze copos".

A mulher perguntou: "Essas crianças são todas suas?".

Hat disse: "Qual é o problema?".

A mulher vendeu os refrescos a cinco centavos cada copo.

Quando Len Harbin tinha alcançado os oitenta e nove pontos, ele foi expulso de campo e Trinidad perdeu.

Hat ficou furioso. "Expulso de campo? Mas por que ele foi expulso? Tudo isso é a maior roubalheira mesmo. E olhe que o juiz é de Trinidad, meu Deus, até os juízes estão aceitando propina hoje em dia."

Hat me ensinou muitas coisas naquela tarde. Pela maneira como pronunciava as palavras, aprendi a beleza dos nomes dos jogadores de críquete e ele me transmitiu toda a empolgação de assistir a uma partida de críquete.

Pedi a Hat que me explicasse o placar.

Ele disse: "No lado esquerdo, estão os nomes dos batedores que terminam de bater".

Recordo isso porque achei que era um jeito muito bonito de dizer que um batedor estava fora da partida: dizer que ele tinha terminado de bater.

Durante todo o intervalo, Hat ficou muito entusiasmado. Tentava convencer todo mundo que passava a fazer as apostas mais malucas. Corria para lá e para cá brandindo uma nota de um dólar na mão e gritando: "Um dólar contra um xelim como Headley não faz mais de nove pontos". Ou então: "Um dólar como Stollmeyer vai acertar a primeira bola".

Os juízes estavam voltando para o campo quando um dos meninos desatou a chorar.

Hat perguntou: "Mas por que você está chorando?".

O garoto chorava e balbuciava.

Hat disse: "Por que é que você está chorando, afinal?".

Um homem gritou: "Ele quer uma mamadeira".

Hat virou-se para o homem e disse: "Dois dólares como os jamaicanos vão levar cinco tentos esta tarde".

O homem respondeu: “Por mim, tudo bem, se é que você está a fim de perder seu dinheiro assim tão depressa”.

Um terceiro homem aceitou a aposta.

O menino continuava a chorar.

Hat disse: “Não está vendo a vergonha que está me causando na frente de todo mundo? Vamos, me diz logo o que você quer”.

O menino só fazia chorar. Outro menino chegou perto de Hat e sussurrou em seu ouvido.

Hat exclamou: “Ah, meu Deus! Mas como é que pode? Logo na hora em que já estão voltando para o campo?”.

Hat fez todos nós ficarmos de pé. Marchamos para fora e ficamos em fila junto ao alambrado de ferro galvanizado do Estádio Oval.

Hat falou: “Tudo bem, vamos lá, façam xixi agora. Todos, façam xixi depressa, vamos lá... todos vocês”.

O críquete naquela tarde foi incrível. O time jamaicano, do qual fazia parte o inacreditável Headley, perdeu seis tentos em trinta e um pontos. Na luz do sol poente, o veloz lançador de Trinidad, Tyrell Johnson, estava imbatível e seu sucesso parecia aumentar mais ainda sua velocidade.

Uma mulher gorda e velha à nossa esquerda começou a gritar para Tyrell Johnson e, toda vez que ela parava de gritar, se virava para nós e dizia bem baixinho: “Conheço Tyrell desde o tempo em que era um menino assim dessa altura. A gente jogava bola de gude juntos”. Depois ela se virava e começava a gritar de novo.

Hat foi acertar as contas de suas apostas.

Isso, eu descobri em pouco tempo, era uma das fraquezas de Hat — sua paixão por apostas improváveis. Nas corridas de cavalos em especial, ele perdia muito dinheiro, mas às vezes ganhava, e aí ganhava tanto dinheiro que conseguia ajudar todos nós na Miguel Street.

Nunca vi um homem que apreciasse a vida tanto quanto Hat. Ele não fazia nada de novo nem de espetacular — na verdade, fazia quase que as mesmas coisas todos os dias —, mas sempre apreciava o que fazia. E de vez em quando conseguia dar um toque fantástico a uma coisa muito corriqueira.

Hat era um pouco como seu cachorro. Era o pastor-alemão mais manso que já vi na vida. Uma coisa que eu notava na Miguel Street era a maneira como os cachorros se pareciam com seus donos. George tinha um vira-lata ranzinza, maldoso. O cachorro de Toni era um tremendo selvagem. O cachorro de Hat era o único pastor-alemão que conheci que tinha senso de humor.

Em primeiro lugar, ele se comportava de um jeito bem estranho para um pastor-alemão. A gente podia fazer dele o cachorro mais feliz do mundo, se jogasse coisas longe para ele trazer de volta. Um dia, na Savana, joguei uma goiaba no meio de uns arbustos espessos. Ele não conseguiu chegar até a goiaba e ficou ganindo e reclamando. De repente se virou e correu de volta na minha direção e passou por mim latindo bem alto. Enquanto eu me virava para ver o que estava acontecendo, ele correu de volta na direção dos arbustos. Não vi nada de estranho e, quando virei para olhar de novo, foi bem a tempo de ver o cachorro levando outra goiaba para trás dos arbustos.

Chamei o cachorro e ele veio correndo, enquanto gania e latia. Falei: "Vamos lá, garoto. Pegue aquela goiaba".

Ele correu de volta para os arbustos, fuçou, farejou um pouco e depois se enfiou por trás dos arbustos para pegar a goiaba que ele mesmo tinha colocado ali.

Eu bem que gostaria que os lindos pássaros que Hat colecionava fossem mansos que nem o pastor-alemão. As araras e os papagaios pareciam velhas zangadas e briguentas e atacavam qualquer um. Às vezes a casa de Hat se tornava um local perigoso, com todos aqueles pássaros. A gente estava conversando bem sossegado, quando de repente sentia uma bicada e um puxão na panturrilha. Era a arara ou o papagaio. Hat tentava nos convencer de que os bichos não o mordiam, mas sei que mordiam.

O estranho era que tanto Hat como Edward se tornavam perigosos quando tentavam se envolver com o belo. Edward com suas pinturas e Hat com suas araras de bico afiado.

Hat vivia se metendo em encrenca com a polícia. Mas não era nada sério. Um pouquinho de briga de galo aqui, um pouquinho de jogo de apostas ali, um pouquinho de bebida noutro lugar, e assim por diante.

Mas nada daquilo azedava sua relação com a lei. Na verdade, todo Natal, o sargento Charles, o carteiro e o inspetor sanitário vinham à casa de Hat tomar uma bebida.

O sargento Charles dizia: "É só um jeito de eu ganhar a vida, entende, Hat? Ninguém precisa vir me dizer. Sei muito bem que não vou receber mais nenhuma promoção em minha carreira, mesmo assim, é o jeito".

Hat respondia: "Tudo bem, sargento. A gente não liga, nenhum de nós. E como vão seus filhos? Como vai Elijah?".

Elijah era um garoto formidável.

"Elijah? Ah, eu acho que este ano ele consegue uma bolsa de estudos. Era tudo o que podíamos fazer, não é, Hat? Tudo o que podemos fazer é tentar. Não podemos fazer mais que isso."

E sempre se despediam como bons amigos.

Mas teve uma vez que Hat se meteu numa encrenca mais séria por ter posto água no leite.

Ele disse: "A polícia veio aqui me perguntar como é que a água tinha ido parar no leite. Como se eu soubesse. Não tenho a menor ideia de como a água foi parar no leite. Vocês sabem que ponho o panelão de leite na água para manter o leite bem frio e evitar que estrague. Acho que a panela devia ter um furo, sei lá. Um furinho à toa".

Edward disse: "É melhor ser franco e contar isso ao juiz".

Hat respondeu: "Edward, você está falando como se Trinidad fosse a Inglaterra. Onde foi que ouviu dizer que em Trinidad as pessoas contam a verdade e saem livres? Em Trinidad, quanto mais inocente você é, mais chance tem de ser jogado na cadeia, e mais propina você tem de soltar. A gente tem de soltar uma grana para o juiz. Tem de dar uma galinha para eles, uma galinha Leghorn bem grande, e também tem de dar dinheiro. Tem de subornar os inspetores. Quando a gente termina de dar propina para todo mundo, vê que seria melhor ter ido logo para a cadeia e ter ficado lá bem sossegado".

Edward disse: "É verdade. Mas você não pode se confessar culpado. Tem de inventar alguma história nova".

Hat levou uma multa de duzentos dólares e o juiz lhe fez um longo sermão.

Hat estava muito aborrecido quando voltou do tribunal. Arrancou a gravata do colarinho, tirou o paletó e disse: "É um mundo de doidos. A gente toma banho, veste uma camisa limpa, põe a gravata e veste o paletó, engraxa o sapato. E tudo isso para quê? Só para ficar na frente de algum juiz burro que vai ficar falando desaforos para a gente".

Essa situação durou vários dias.

Hat disse: "Hitler tinha razão, cara. Vamos tacar fogo em todos os livros de direito. Queimar todos. Vamos fazer uma pilha de livros e tacar fogo em toda essa porcaria. Vamos tacar fogo e ver os livros queimando. Hitler tinha razão, cara. Não sei por que estamos lutando contra ele".

Eddoes disse: "Você está falando um monte de bobagem, sabia, Hat?".

Hat falou: "Não quero falar desse assunto. Não quero falar disso. Hitler é que tinha razão. Taquem fogo nos livros de direito. Vamos queimar todos eles. Não quero nem falar disso".

Durante três meses, Hat e o sargento Charles não se falaram. O sargento Charles ficou triste e vivia mandando mensagens de boa vontade para Hat.

Um dia, me telefonou e disse: "Você vai encontrar o Hat esta noite?".

Respondi: "Vou".

"Você se encontrou com ele ontem?"

"Sim."

"E como ele está?"

"Como está?"

"Bem, quero dizer, qual é o aspecto dele? Está com bom aspecto? Feliz?"

Respondi: "Parece bastante chateado".

O sargento Charles exclamou: "Ah!".

Falei: "Tudo bem".

"Escute, antes de você ir..."

"O quê?"

"Nada. Não, não. Espere, antes de você ir, diga ao Hat que mando um abraço para ele, está bem?"

Falei para Hat: "O sargento Charles me telefonou e pediu para eu vir aqui na sua casa, ficou implorando e chorando. Não parava de me pedir para dizer a você que ele não está nem um pouco aborrecido com você, que não foi ele quem contou para a polícia sobre a água no leite".

Hat disse: "Mas *que* água e *que* leite?".

Fiquei sem saber o que dizer.

Hat falou: "Você está vendo que tipo de lugar Trinidad está virando? Aparece alguém que diz que tem água no meu leite. Ninguém me viu pôr água no leite, mas logo todo mundo começa a falar como se tivesse visto. Não se fala de outra coisa senão da água no leite".

Hat, eu notei, estava tendo prazer até com aquilo.

* * *

Sempre encarei Hat como um homem de hábitos bem definidos e era difícil pensar nele de outro jeito, diferente do que ele era. Acho que ele tinha uns trinta e cinco anos quando me levou para assistir àquele jogo de críquete, e quarenta e três quando foi para a cadeia. No entanto ele sempre me pareceu igual.

No aspecto, como eu disse, era mulato escuro, altura mediana e corpo mediano. Andava com as pernas um pouco arqueadas e tinha pés chatos.

Eu estava preparado para vê-lo fazer as mesmas coisas pelo resto da vida. Críquete, futebol, corrida de cavalos, ler o jornal de manhã e de tarde, ficar sentado na calçada e conversar, se embriagar e fazer muito barulho na noite de Natal e no Ano-Novo.

Ele parecia não precisar de mais nada. Era autossuficiente e acho que não precisava nem de mulheres. Eu sabia, é claro, que de vez em quando ele visitava certos lugares na cidade, mas eu achava que ele fazia isso mais pela sensação de fazer uma coisa ilegal do que pelas mulheres.

E aí aconteceu aquilo. Estourou no Clube da Miguel Street, e depois o próprio Hat nunca mais foi o mesmo.

De certo modo, suponho, foi culpa de Edward. Acho que nenhum de nós se dava conta de como Hat amava Edward e de como ele ficou abatido quando Edward se casou. Hat não conseguiu esconder seu prazer quando a esposa de Edward fugiu de casa com o soldado americano e ele ficou muito decepcionado quando Edward partiu para Aruba.

Uma vez ele disse: “Todo mundo ou está crescendo ou está indo embora”.

E outra vez, disse: “Acho que fui uma besta de não ter ido trabalhar com os americanos como o Edward e tanta gente por aí”.

Eddoes disse: Hat tem ido muito à cidade à noite ultimamente".

Boyee disse: "Bem, ele já é adulto. Por que não pode ir, se tem vontade?".

Eddoes disse: "Tem uns homens que são assim. Na verdade, é uma coisa que acontece com todos os homens. Vão ficando velhos, ficam assustados com isso e querem continuar jovens".

Eu me aborreci com Eddoes porque não queria pensar em Hat daquele jeito e o pior era que eu senti vergonha porque tinha a sensação de que Eddoes tinha razão.

Falei: "Eddoes, por que não leva essa sua mente suja para outro lugar, hein? Por que não deixa toda sua sujeira no depósito de lixo?".

E aí, um dia, Hat trouxe uma mulher para sua casa.

Agora eu me sentia meio constrangido na companhia de Hat. Ele tinha se tornado um homem com responsabilidades e deveres e não podia mais dedicar todo seu tempo e sua atenção para a gente. E para piorar ainda mais as coisas, todo mundo fingia que a mulher não existia. Até Hat. Ele nunca falava a respeito dela e se comportava como se quisesse que nós acreditássemos que tudo continuava do mesmo jeito que antes.

Era uma mulher de pele marrom-clara, de uns trinta anos, um pouquinho carnuda, e sua cor predileta era o azul. Chamava--se Dolly. A gente via a mulher olhando pelas janelas da casa de Hat com um olhar vazio. Nunca falava com nenhum de nós. Na verdade, quase nunca eu a ouvia falar, a não ser para chamar o Hat para entrar em casa.

Mas Boyee e Edward adoraram as mudanças que ela trouxe.

Boyee disse: "É a primeira vez que me lembro de estar vivendo com uma mulher dentro de casa e isso faz uma tremenda diferença. É difícil explicar, mas acho mais legal assim".

Minha mãe disse: "Está vendo só como os homens são burros? Hat viu o que aconteceu com Edward e mesmo assim agora ele ainda resolve se enrolar com essa mulher".

A senhora Morgan e a senhora Bhakcu viam tão pouco a Dolly que nem tinham muito como falar mal dela, mas concordavam que não passava de uma preguiçosa e que não prestava para nada.

A senhora Morgan disse: "Essa tal de Dolly me parece uma velha *madame*, sabia?".

Para nós, era muito fácil esquecer que a Dolly existia, porque Hat continuava a viver como antes. Ainda íamos ver todos os jogos e ainda ficávamos sentados na calçada conversando.

Toda vez que Dolly buzinava: "Ei, Hat, não vem para casa?", ele não respondia.

Mais ou menos meia hora depois, Dolly dizia: "Hat, você vem ou não vem?".

E aí Hat respondia: "Já estou indo".

Eu me perguntava como seria a vida de Dolly. Ficava quase todo o tempo dentro de casa e Hat ficava quase todo o tempo fora de casa. Ela parecia passar boa parte de seu tempo na janela da frente, olhando para fora.

Não havia na rua um casal mais esquisito. Os dois nunca saíam juntos. Nunca ouvimos os dois rirem. Nunca sequer discutiam.

Eddoes disse: "São que nem dois estranhos".

Errol disse: "Não ligue para isso, escutem o que estou dizendo. Vocês só veem o Hat aqui fora, sossegado, mas é diferente quando ele entra em casa. Não é o mesmo quando fala com a Dolly. Compra uma porção de joias para ela, sabiam?".

Eddoes disse: "Tenho a sensação de que ela é parecida com a Matilda. Sabem? A mulher do calipso:

Matilda, Matilda,

Matilda, você roubou meu dinheiro
E foi para a Venezuela.

Quer dizer que ele compra joias? Mas o que é que está acontecendo com o Hat? Está se comportando como se fosse um velho. Uma mulher não quer joias de um homem feito o Hat, quer outro tipo de coisa".

Olhando de fora, porém, só dava para perceber duas mudanças na vida doméstica de Hat. Todos os pássaros agora ficavam dentro de gaiolas e o pastor-alemão vivia preso e triste.

Mas ninguém falava de Dolly com Hat. Imagino que toda aquela história tenha estourado como uma surpresa grande demais para todo mundo.

E o que aconteceu depois foi uma surpresa maior ainda e levamos algum tempo para saber de todos os detalhes. Primeiro percebi que Hat andava sumido e depois ouvi os boatos.

A história foi a seguinte, da forma que veio do tribunal, tempos depois. Dolly tinha fugido de Hat levando todos os presentes que ele tinha dado, é claro. Hat foi atrás dela e a encontrou com outro homem. Houve uma grande discussão, o homem fugiu e Hat foi à desforra em cima de Dolly. Mais tarde, a acusação apresentada pela polícia dizia que ele tinha ido à delegacia aos prantos para se entregar. Falou: "Matei uma mulher".

Mas Dolly não tinha morrido.

Recebemos a notícia como se fosse a de uma morte. Durante um ou dois dias, nem conseguíamos acreditar.

E depois um grande silêncio tomou conta da Miguel Street. Nem os meninos nem os homens se reuniam embaixo do poste de luz na frente da casa de Hat para conversar sobre isso ou qualquer outro assunto. Ninguém jogava críquete nem perturbava os cochilos dos outros à tarde. O clube ficava às moscas.

Cruelmente, esquecemos tudo sobre Dolly e só pensávamos

em Hat. Em nosso coração, não conseguíamos encontrar nenhum erro da parte de Hat. Sofríamos junto com ele.

No tribunal, vimos um homem mudado. Tinha envelhecido e, quando sorriu para nós, sorriu só com a boca. No entanto ele deu um espetáculo para nós e, mesmo quando ríamos, estávamos à beira de chorar.

O promotor perguntou para Hat: "Estava escuro de noite?".

Hat respondeu: "Toda noite é escura".

O advogado de Hat era um homem baixo e gordo chamado Chittaranjan, que vestia um terno marrom e perfumado.

Chittaranjan começou a desfiar o discurso de Portia a respeito da misericórdia e teria continuado até o fim se o juiz não falasse: "Tudo isso é interessante e uma parte é até verdade, mas, senhor Chittaranjan, o senhor está tomando o tempo do tribunal".

Chittaranjan fez um tremendo estardalhaço sobre a violência da paixão do amor. Disse que Antônio havia abandonado um império inteiro em troca do amor, assim como Hat havia posto de lado o respeito próprio. Disse que o crime de Hat tinha sido na verdade um *crime passionel*. Na França, disse ele — e sabia do que estava falando, porque tinha morado em Paris —, na França, Hat seria visto como herói. As mulheres teriam colocado grinaldas em sua cabeça.

Eddoes disse: "Esse é o tipo de advogado que acaba levando um homem para a forca, sabiam?".

Hat foi condenado a quatro anos de prisão.

Fomos à prisão da Frederick Street para visitá-lo. Era uma prisão decepcionante. Os muros eram de cor creme claro, nem eram muito altos, e fiquei surpreso de ver que a maioria dos visitantes estava muito alegre. Só umas poucas mulheres choravam, mas no conjunto se parecia muito com uma festa, com as pessoas rindo e batendo papo.

Eddoes, que tinha vestido seu melhor terno para a ocasião, segurava o chapéu na mão e olhava em volta. Disse para Hat: "Não parece tão ruim, aqui".

Hat respondeu: "Vão me levar para Carrera na semana que vem".

Carrera era uma pequena ilha-presídio a alguns quilômetros de Port of Spain.

Hat falou: "Não se preocupem comigo. Vocês me conhecem. Em duas ou três semanas, eu dou um jeito para me arranjarem uma coisinha leve para fazer".

Toda vez que eu ia a Carenage ou a Point Cumana tomar banho, olhava para o mar verde na direção da ilha de Carrera, que se erguia bem acima da água, com seus prédios limpos, cor-de-rosa. Tentava imaginar o que acontecia dentro daqueles prédios, mas minha imaginação se recusava a trabalhar. Eu pensava: "Hat está lá, eu estou aqui. Será que ele sabe que estou aqui, pensando nele?".

Porém, à medida que os meses passavam, eu ficava cada vez mais preocupado com meus próprios assuntos e, durante semanas seguidas, nem pensava em Hat. Não adiantava nada tentar sentir vergonha. Eu tinha de encarar o fato de que não estava mais sentindo falta de Hat. De vez em quando, nas horas em que minha mente ficava vazia, eu parava e pensava quanto tempo ainda faltava para ele sair, mas no fundo eu não me importava.

Eu tinha quinze anos quando Hat foi para a cadeia e dezoito quando ele saiu. Muita coisa aconteceu naquele intervalo de três anos. Saí do colégio e comecei a trabalhar na alfândega. Já não era um menino. Era um homem e ganhava meu dinheiro.

O retorno de Hat para casa foi meio sem graça. Não era só que nós, os meninos, tínhamos crescido. Hat também havia mudado. Uma parte de seu brilho o havia deixado e era difícil entabular uma conversa com ele.

Hat visitou todas as casas que conhecia e falava de suas experiências com grande entusiasmo.

Minha mãe serviu um chá para ele.

Hat disse: "Foi exatamente como eu esperava. Fiz amizade com alguns dos carcereiros e sabe o que foi que aconteceu? Puxei umas cordinhas aqui e ali e... pimba!... fui nomeado bibliotecário. Tem uma grande biblioteca lá, sabia? Tudo quanto é livro, e daqueles grandões. É o tipo de lugar de que o Titus Hoyt ia gostar. Tanto livro e ninguém para ler".

Ofereci um cigarro para Hat e ele aceitou mecanicamente.

Em seguida exclamou: "Mas, ora, ora, o que é isso? Você agora virou um homem, está grande! Quando fui embora você não estava fumando nem nada. Mas isso já faz muito tempo".

Falei: "Pois é. Faz muito tempo".

Muito tempo. Mas foram só três anos, três anos em que eu havia crescido e olhava criticamente para as pessoas à minha volta. Eu não queria mais ser como Eddoes. Ele era muito fraco e magro e eu também não me dera conta de como ele era baixo. Titus Hoyt era tolo e maçante e nada tinha de engraçado. Tudo havia mudado.

Quando Hat foi para a cadeia, uma parte de mim morreu.

17. Como fui embora da Miguel Street

Minha mãe disse: "Você está ficando muito desgovernado neste lugar. Acho que está na hora de ir embora".

"E ir para onde? Venezuela?", perguntei.

"Não, não para a Venezuela. Algum outro lugar, porque, na hora em que você puser os pés na Venezuela, vão logo te jogar na prisão. Conheço você e conheço a Venezuela. Não, algum outro lugar."

Falei: "Tudo bem. Você pensa e depois decide".

Minha mãe falou: "Vou conversar sobre isso com o Pundit Ganesh. Ele foi amigo do seu pai. Mas o certo é que você tem de ir embora daqui. Está ficando muito desgovernado".

Imagino que minha mãe tinha razão. Sem de fato saber disso, eu tinha ficado um pouco desgovernado. Bebia feito uma esponja e fazia muitas outras coisas. O hábito de beber começou na alfândega, onde confiscávamos garrafas de bebida alcoólica sob qualquer pretexto. De início, o cheiro da bebida me incomodava, mas eu dizia para mim mesmo: "Você tem de superar isso. Beba como se fosse um remédio. Tape o nariz e feche os olhos".

Em pouco tempo eu tinha virado um beberrão de primeira linha e comecei a sofrer do orgulho típico do sujeito que bebe muito.

Também havia os lugares da cidade que Boyee e Errol me apresentaram. Certa noite, pouco depois de eu começar a trabalhar na alfândega, eles me levaram para um lugar perto de Marine Square. Subimos ao primeiro andar e nos vimos numa sala pequena e cheia de gente, iluminada por lâmpadas verdes. A luz verde parecia espessa que nem geleia. Tinha muitas mulheres espalhadas pela sala, só esperando e olhando. Uma tabuleta grande dizia: PROIBIDO USAR LINGUAGEM OBSCENA.

Tomamos um drinque no bar, uma bebida grossa e doce.

Errol me perguntou: "De qual dessas mulheres você gosta?".

Compreendi imediatamente e me senti enojado. Saí correndo da sala e fui para casa, um pouco enjoado, um pouco assustado. Falei para mim mesmo: "Você tem de superar isso".

Na noite seguinte, fui ao clube outra vez. E depois fui de novo.

Fazíamos umas festas desvairadas, levávamos rum e mulheres para a baía de Maracas, para noitadas que duravam até o raiar do dia.

"Você está muito desgovernado", dizia minha mãe.

Eu não dava a menor atenção a ela, até uma noite em que bebi tanto que fiquei embriagado durante dois dias seguidos. Quando fiquei sóbrio, jurei não beber nem fumar outra vez.

Falei para minha mãe: "Não é minha culpa, na verdade. O problema é Trinidad. O que mais se pode fazer aqui a não ser beber?".

Mais ou menos dois meses depois, minha mãe disse: "Você tem de vir comigo na semana que vem. A gente vai fazer uma visita ao Pundit Ganesh".

Fazia muito tempo que o Pundit Ganesh tinha desistido do misticismo. Tinha entrado na política e estava indo muito bem.

Era ministro de sei lá o quê no governo e eu ouvia as pessoas dizerem que ele estava a caminho de virar membro da Ordem do Império Britânico.

Fomos à sua mansão em St Clair e encontramos o importante homem vestido não num *dhoti* e num *koortah*, como nos dias do misticismo, mas sim num terno de passeio que parecia bem chique.

Recebeu minha mãe com um bocado de simpatia.

Falou: "Farei tudo o que puder".

Minha mãe começou a chorar.

Para mim, Ganesh disse: "O que você gostaria de estudar no exterior?".

Respondi: "Na verdade, não quero estudar nada. Eu só quero ir embora, só isso".

Ganesh sorriu e disse: "Esse tipo de bolsa o governo ainda não está oferecendo. Só ministros podem fazer o que você está dizendo. Não, você precisa estudar alguma coisa".

Respondi: "Na verdade nunca pensei no assunto. Dê um tempo para eu pensar um pouco".

Ganesh disse: "Tudo bem. Você pensa um pouco, então".

Minha mãe estava chorando quando agradeceu a Ganesh.

Falei: "Eu sei o que eu quero estudar. Engenharia". Eu estava pensando no meu tio Bhakcu.

Ganesh riu e disse: "E o que *você* sabe sobre engenharia?".

Falei: "Neste momento, nada. Mas eu podia me dedicar ao assunto".

Minha mãe falou: "Por que não quer estudar direito?".

Pensei em Chittaranjan, no seu terno marrom, e disse: "Não, direito não".

Ganesh disse: "Só temos uma bolsa sobrando. Para farmácia".

Respondi: "Mas não quero ser farmacêutico. Não quero vestir um jaleco branco e vender batons para mulheres".

Ganesh sorriu.

Minha mãe disse: "Não dê atenção ao garoto, Pundit. Ele vai estudar farmácia, sim". E para mim: "Você pode estudar qualquer coisa, é só se dedicar ao assunto, e pronto".

Ganesh disse: "Pense bem. Significa ir para Londres. Significa ver a neve, ver o rio Tâmisa e ver o grande Parlamento".

Respondi: "Tudo bem. Vou estudar farmácia".

Minha mãe falou: "Nem sei o que posso fazer para agradecer ao senhor, Pundit".

E, chorando, contou duzentos dólares e deu para Ganesh. Ela disse: "Sei que não é muito, Pundit. Mas é tudo o que tenho. Estou economizando faz muito tempo".

Ganesh pegou o dinheiro com tristeza e disse: "A senhora não devia deixar que isso a preocupasse tanto. Devia dar só aquilo que pode".

Minha mãe continuou a chorar e no fim até Ganesh não conteve mais as lágrimas.

Quando minha mãe viu aquilo, enxugou as lágrimas e disse: "Se o senhor soubesse, Pundit, como andei preocupada. Tive de arranjar tanto dinheiro para resolver tantos problemas ultimamente, e na verdade nem sei como vou fazer para pagar tudo".

Ganesh então parou de chorar. Minha mãe começou a chorar de novo.

Isso prosseguiu por algum tempo, até que Ganesh devolveu cem dólares para minha mae. Ele estava soluçando, se sacudindo e disse: "Tome isto aqui e compre umas roupas boas para o rapaz".

Falei: "Pundit, o senhor é um homem bom".

Aquilo o abalou a fundo. Ele disse: "Quando você voltar da Inglaterra, com todos os diplomas e certificados no bolso, já um homem importante e um grande farmacêutico, aí é que vou procurá-lo e pedir a você o que me deve".

Contei para Hat que eu estava de partida.

Ele disse: "E para quê? Para trabalhar?".

Respondi: "O governo me deu uma bolsa para estudar farmácia".

Ele disse: "Foi você que arranjou isso?".

Respondi: "Não, foi minha mãe".

Eddoes disse: "É uma boa. Conheço um farmacêutico, pego o lixo dele há anos, e é um sujeito rico feito o diabo. Puxa vida, o homem está nadando em dinheiro".

A notícia chegou a Elias e ele não gostou nem um pouco. Veio até o portão numa noite e berrou: "Dar propina, dar propina. É só isso o que podem fazer. Dar propina".

Minha mãe gritou em resposta: "As únicas pessoas que reclamam de propina são as que são tão miseráveis que não têm nem o que dar de propina".

Dentro de um mês tudo estava acertado para minha partida. O governo de Trinidad escreveu para o cônsul britânico em Nova York a meu respeito. O cônsul britânico tomou conhecimento do meu caso. Os americanos me deram um visto, depois de me fazerem jurar que eu não ia derrubar seu governo por meio da força armada.

Na noite anterior à minha partida, minha mãe deu uma festinha. Parecia um velório. As pessoas chegavam com ar triste e diziam que iam sentir muito minha falta, mas depois se esqueciam de mim e se dedicavam aos sérios afazeres de comer e beber.

Laura me beijou na bochecha e me deu um medalhão de são Cristóvão. Pediu que eu o usasse no pescoço. Prometi que faria isso e pus o medalhão no bolso. Não sei o que aconteceu com ele. A senhora Bhakcu me deu uma moedinha de seis centavos, que ela disse ter recebido uma bênção especial. Não parecia nem um pouco diferente de qualquer outra moeda de seis centavos e acho que usei a moeda para pagar alguma coisa. Titus Hoyt me perdoou tudo e comprou para mim o segundo volume da edição Everyman da obra de Tennyson. Eddoes me deu uma carteira que ele jurou que era quase nova. Boyee e Errol não me deram nada. Hat me deu uma caixa de maços de cigarro. Ele disse: "Sei que você disse que não vai mais fumar. Mesmo assim, leve isto, só para o caso de mudar de ideia". O resultado foi que voltei a fumar.

Tio Bhakcu passou a noite consertando a van que ia me levar ao aeroporto na manhã seguinte. De vez em quando eu ia lá fora e implorava para ele se acalmar. Ele respondia que achava que o carburador estava se fazendo de engraçadinho.

Na manhã seguinte, Bhakcu se levantou cedo e começou a mexer na van de novo. Tínhamos planejado sair às oito, mas dez para as oito Bhakcu continuava mexendo no carro. Minha mãe estava em pânico e a senhora Bhakcu foi ficando muito impaciente.

Bhakcu estava deitado embaixo do carro, assoviando uns versos do *Ramayana*. Saiu, deu uma risada e disse: "Vocês estão ficando com medo, não é?".

Num instante estávamos todos prontos. Bhakcu tinha causado pouco estrago no motor e ele continuava funcionando. Minhas malas foram levadas para a van e eu me preparei para deixar a casa pela última vez.

Minha mãe disse: "Espere".

Ela pôs um pote de metal cheio de leite no meio do portão.

Até agora não consigo entender como foi que aconteceu. O portão era largo, grande o bastante para um carro passar, e o pote, com uns dez centímetros de largura, estava bem no meio. Achei que eu estava caminhando no canto do portão, bem longe do pote. E mesmo assim derrubei o pote.

Minha mãe ficou desolada.

Perguntei: "É um mau sinal?".

Ela não respondeu.

Bhakcu estava tocando a buzina.

Entramos na van e Bhakcu partiu, desceu pela Miguel Street, subiu a estrada Wrightson rumo ao Cais do Sul. Eu nem olhava pelas janelas.

Minha mãe estava chorando. Disse: "Sei que nunca mais vou ver você na Miguel Street outra vez".

Falei: "Por quê? Por que eu derrubei o pote de leite?".

Ela não respondeu e ainda chorava por causa do leite derramado.

Só depois que tínhamos saído de Port of Spain e deixado os subúrbios da cidade, olhei para fora, pelas janelas. Era um dia claro e quente. Homens e mulheres trabalhavam nas plantações de arroz. Algumas crianças tomavam banho debaixo de uma bica na beira da estrada.

Chegamos a Piarco com tempo de sobra e, naquela altura, comecei a desejar que nunca tivesse aceitado a bolsa de estudos. O salão de espera do aeroporto me deu medo. Americanos gordos estavam bebendo uns drinques esquisitos no bar. Mulheres americanas, usando óculos escuros esnobes, levantavam muito a voz toda vez que falavam. Todos pareciam ricos demais, satisfeitos demais.

Então chegou a notícia, em espanhol e em inglês. O voo 206 ia ter um atraso de seis horas.

Falei para minha mãe: "Vamos voltar para Port of Spain".

Eu teria de ficar com aquelas pessoas na sala de espera do aeroporto de todo jeito e eu queria adiar aquele momento.

De volta à Miguel Street, a primeira pessoa que vi foi Hat. Estava saindo do café, em passos lentos, desajeitado, com um jornal embaixo do braço. Acenei com a mão e gritei para ele.

Tudo que ele disse foi: "Pensei que a essa hora você já estaria no ar".

Fiquei decepcionado. Não só com a recepção fria de Hat.

Decepcionado porque, embora eu estivesse prestes a ir embora, para longe, e não fosse voltar nunca mais, tudo continuaria exatamente como antes, sem nada que assinalasse minha ausência.

Olhei para o pote de metal derrubado no portão e falei para minha mãe: "Então isso quer dizer que eu nunca mais vou voltar, é?".

Ela riu e pareceu mais feliz.

Então tive meu último almoço em casa, com minha mãe, o tio Bhakcu e sua esposa. Em seguida voltamos para a estrada quente que ia para Piarco, onde o avião estava à nossa espera. Reconheci um dos funcionários da alfândega e ele nem fiscalizou minha bagagem.

Veio o aviso do voo, uma coisa fria e trivial.

Abracei minha mãe.

Falei para Bhakcu: "Tio Bhakcu, eu não queria contar para o senhor antes, mas acho que ouvi o platinado estalar".

Seus olhos cintilaram.

Deixei todos eles e caminhei ligeiro rumo ao avião, sem olhar para trás, olhando só para minha sombra à minha frente, um anão que dançava sobre o asfalto.

ESTA OBRA FOI COMPOSTA PELA SPRESS EM ELECTRA E IMPRESSA EM OFSETE
PELA GRÁFICA BARTIRA SOBRE PAPEL PÓLEN SOFT DA SUZANO PAPEL E CELULOSE
PARA A EDITORA SCHWARCZ EM FEVEREIRO DE 2012